NHK
ネコメンタリー
猫も、杓子も。

猫も老人も、役立たずでけっこう

養老孟司

河出書房新社

お互いに生きてますな。
それを確認して
言葉のない会話が終わる。

どすこい座り

まるが来てからというもの、
しぐさを見ているだけで、
やる気が失せる。

この状態になったらダメ。
少しは歩けお前。

要するに、仕事をするな、
自分に構えと
言っているらしい。

もくじ

装丁　志摩祐子（有限会社レゾナ）
ロゴ　ベター・デイズ
構成　鈴木正幸
編集協力　中島宏枝（風日舎）

NHK ネコメンタリー 猫も、杓子も。

猫も老人も、役立たずでけっこう

吾輩はまるである。

数を数えるのが好きではない。尋ねられるのも苦手です。でも、そんなことおかまいなしに、人は私に問いかけますな。「日に何本タバコを吸いますか?」、「月に何冊本を読みますか?」、「虫は何匹持っていますか?」。私にしたら、「あんたが数えてくれ、ただし給料は出さないよ」、そう答えたくなってしまう。

「先生にとって、まるとは?」これもよく聞かれます。たいてい、「ものさしですよ」と答えている。いちいちあれこれ考えるのが面倒だから、「ものさし」と言っているわけじゃありませんよ。まるは実際、私のものさしなんですから。

自分の住む世界の価値観に、人は暗黙のうちに合わせられてしまう。常識や慣習、考え方、ものの見方、人の世に暮らせば、知らぬ間にそういうものが我が身にも染《し》みついているんです。それは、世間のものさしですよね。だから時々、ものさしを取り替えたくなる。まるをものさしにすることで、自分のものさしがリセットされるんです。

もっと成長を、もっと効率を。そんなものを必死に追い求めた結果、世の中はわけのわからないものになってしまいました。しかも、誰もがそれを進歩だと信じ込んでいる。ヒトの欲はキリがない。かたや、猫に限らず、動物は足ることを知っています。どちらが馬鹿で、どちらが幸せなんでしょうね。

夏目漱石『吾輩は猫である』の、有名な冒頭はこう始まります。「吾輩は猫である。名前はまだない」。漱石だって、猫をものさしにしているじゃないですか。自身が猫になり、別の目で見るということは、物事の見方を変える良いきっかけになるんです。自分の状況が必ずしも当たり前ではないことに気づくんですよ。

別にゴキブリの目でもかまいませんけどね。ただ、不愉快なものは不愉快さのほうが際立ってしまう。猫ならばかわいらしいから、気持ちよく別の目になることができるでしょう。まあ、ゴキブリの目を試したいというのであれば、私は止めません。お好きにどうぞ。

人生は、世間とのお付き合い。そんなふうに私は考えています。だから、ストレスもたまれば機嫌も悪くなる。三日も都会にいれば、世間のものさしを手にして「トランプはけしからん」と腹を立てているかもしれない。そんな時、まるの目で見れば、「なにがトランプだよ。あいつまたなにか言ってるな、フン」と、それでおしまいになる。

世界中で起こっているいろいろなことも、自分には関係ないと思えてくるんですね。「関係あると思えばなんでもある、ないと思えばなんにもない。そんなことより、おれの朝メシどうするんだ」。まるなら、そう言うでしょう。

猫の額《ひたい》というくらいだから、脳みそも小さい。精いっぱい考えても、たかが知れている。私のパソコンと大型コンピュータくらいの違いです。だから、思いつくことも単純明快。気楽でいいでしょう。

私は八十歳、何を言っても遺言、写真を撮れば遺影という歳になりました。まるも十五歳を過ぎています。お互い立派な老後ですな。腹がすいたらメシを食い、気が向けば一緒に散歩する。眠くなったら寝てしまえばいい。それでいいじゃないですか。何もせず、日がな縁側に寝転がっていたところで、誰も困りはしないでしょう。

役立たず？　それでけっこう。

違いのわかる猫、マヨラー猫

曾野綾子《そのあやこ》さんは二〇一七年、旦那さんの三浦朱門《みうらしゅもん》さんを亡くされてから、うちのまると同じスコティッシュフォールドを飼い始めた。それで、その猫に「あんたもね、はやくまるちゃんみたいに自分の食《く》い扶持《ぶち》くらい自分で稼ぐようになりなさい」って毎日言い聞かせているそうです。

うちの娘なんかひがんでいますよ。ちょうど十年前に『うちのまる』っていう写真集を出したでしょう。「あの子、私より稼いでいる」って。

私の姉が猫好きだったので、物ごころついた頃からうちには猫がいました。世話をするのはもっぱら私で、面倒をみさせられていたという感じですね。

先代のオス猫は「チロ」といって、十八歳まで生きました。そのチロが亡くなって、「もう猫は飼わない」と言っていたんです。女房がもともと動物が苦手ということもありましたし。でも、私ら夫婦は忙しくて家にいないことも多かったので、娘が飼いたがっていた。私自身も、「家に帰って猫がいないと寂しいよなあ」と言っていましたね。

猫のいない生活が二年ほど続いた頃、女房が長期の海外旅行で不在になりました。その隙に、娘が既成事実をつくったんですな。

以前からあれこれ調べていて、性格が穏やかで愛らしいスコティッシュフォールドを気に入ったようです。ネット検索の末、奈良のブリーダーのサイトにたどり着き、生後間もないオス猫を見つけた。それが、まるです。

娘曰《いわ》く、「目が大きくてかわいい」ところに一目惚れしたそうですが、実際に対面したら、ほかの子猫は走り回っているのに、まるは一匹だけケージの中でふんぞりかえっていた。大きさも、同じ日に生まれた兄弟の一・五倍はあり、娘を見てもたじろがない。「こいつは天下を取れる」と思ったそうです。

そして、女房が海外に出かけたのを見計らって、まるを家に連れてきた。帰国して女房はさぞ驚いたでしょうね、自分の留守中に知らない猫が家に来ていたんだから。でも、さすがに「奈良に返してきなさい」とは言えず、まると暮らすことになった。こうして、まるは我が家の一員になったんです。

もちろん、妻もすぐに気に入ってかわいがっていましたね。「口のきれいなところがなかなかいい」そうです。確かにテーブルの上に人間の食事があっても見向きもしません。

うちに来たのが二〇〇三年でしたから、もう十五歳。我が家ではずっと日本猫しか飼ったことがなくて、まるは初めての洋猫なんです。私の見立てでは、日本猫のほうが感受性が鋭くて、洋猫はバカというか、鈍い。でも、その鈍さがかえっていいんです。

昔、私と妻が外出から帰ってきたら、まるが庭で待っていた。一緒に家に入ると、ノラ猫が、まるのエサを食べていたんです。そこに私たちが戻ってきたんで、ノラは私たちの間を縫って、一目散に逃げていった。そうしたらまるはどうしたと思います？　ノラ猫の姿が見えなくなってから、私たちの顔を見るようにして、背中の毛を逆立ててフーッと怒りだした。あれには「もう遅いよ！」と、苦笑するしかなかったですな。

だいたい四六時中寝ていて、縁側に寝転がっている時に蜂《はち》や蝶が飛んできても、チラッと目をやるだけで追いかけもしない。私と違って虫捕《と》りに興味がないんです。あいつはせいぜいヤモリくらい。ヤモリは家の中にもたくさんいますから。先代のチロなんか、しょっちゅう木に登ってセミを捕っていましたよ。

そんなまるも、たまに獲物を捕ってくることがあります。珍しく蛇を捕まえたこともあったけれど、あれは、たまたま蛇がまるのそばを通りかかったんでしょうね。要するに、自分の手の届く範囲でしか獲物を捕らない。

ごくたまに鳥を捕まえることもあります。そういう時は、じっとチャンスを待つ態勢で、半日だろうと動かない。そして、パッと捕る。あの根気強さはすごいね。でもね、まるに捕まるなんて、相当鈍い鳥ですよ。どのみち自然界では生きていけなかったでしょう。

まるは、普通の猫が好きなものはあまり食べなくて、魚もアジにちょっと口をつけるくらい。そういえば、チロの好物も変わっていて、虎屋の羊羹《ようかん》が好物でした。ある時、小説『吾輩は猫である』にも出てくる本郷の「藤むら」という菓子店の羊羹をいただいたことがあった。老舗の上等品ですよ。それをチロにもおすそ分けしたんだけれど、一口も食べませんでした。違いのわかる猫でしたなあ。

チロはホタテの貝柱も好きでしたね。酒のおつまみであるでしょう、干した貝柱。

あれを食べていると、「おまえ、貝柱食ってるだろう！」って顔をして、駆け寄ってきたもんです。夜中に干《ほ》し椎茸《しいたけ》を食べていたこともありましたよ。水につけて戻しておいたのを、わざわざ引っぱり出してクチャクチャやっていた。旨味《うまみ》がわかっていたんでしょう。

猫ってものは、とにかく味の好みがうるさい。まるの大好物は、マヨネーズ。十分エサをやったはずなのに、「もっとくれ」という時は、マヨネーズなんですね。アメリカの「ベストフーズ」というブランドのものがお気に入りで、他のマヨネーズを出しても食べません。とにかく、私の顔を見ると「マヨネーズ」と言う。いや、言うわけではないけれど、顔にそう書いてある。

いつも匙《さじ》にひとすくいあげるんですが、全部舐《な》め終《お》わってもずっとペロペロやっている。「もっとくれるかな」って。そうはいかないよ。あまりあげすぎたら、私が娘に怒られてしまいますからな。

生きているだけで、迷惑

先日、八十代の女性と会食した時、息子も独立したので、もしもの時に迷惑がかからないよう遺言を書いているという話が出ました。そこで私は、余計なお世話だと言ってさしあげたんですな。

仮に親に財産があるとして、それをどう遺すのか。何か言っておかないと、後で子どもたちが揉《も》めるかもしれない、と人は言います。まあ、たいていの人が想像することです。しかしそういう人には、いくつか忘れていることがあります。

ひとつは、親が死んだ時、子どもがどうなるかということ。でもそれは、実際に死んでみないとわからないんです。当たり前ですな。でも今や、世間の常識は「ああすればこうなる」や「予測と統制」のような思考回路が蔓延《まんえん》しています。それがまともな生き方というか考え方というふうに、いつのまにかなってしまった。

だから旅行なんかもきちっと計画して、予定通りにいったってニコニコしている。バカバカしいと思いませんか。予定通りいくんなら行かなきゃいいんです。そうでしょう。予定を立てたところで、行ってみなけりゃわからない、それが旅ってものですよ。遺言を書いて自分の死後の予定なんか立てたところで、その通りにいくわけないじゃないですか。多くの人が「死んだらこうなる」なんて考えているんですから、まったく、呆《あき》れてため息も出ませんな。

もうひとつは、人が死ぬということは、大事件だということです。親からどういう影響を自分が受けていたかは、親に死なれてみないとわかりません。場合によっては、自分自身の考え方が変わってしまうことだってあるでしょう。

時には親と縁を切って生きている人もいますが、それでも親が死んだことを知ると、心持ちが違ってくる。もう別れて一緒にいなくて、あんな顔見たくもないという場合だって、顔も見たくない相手が死んでくれていると、またこっちの気持ちも全然違ってくるんです。

世間の人はそういうことをあまり想像しないんでしょうな。でも親子って人間関係としては一番強力ですからね。それが切れた時に、子どもたちがどういうふうに変わるかということは、その時にならないと、本当はわからないものなんです。もちろん、死んだ当人には知る術もない。

だから、どうなるかわからないと思っておいたほうがいいというのが私の意見です。そうでしょう。変わらないかもしれないけれど、ガラッと変わるかもしれない。だから逆にいうと、親が生きているうちは揉めないんでしょう。で、親が死ぬと揉める。それならいっそ、揉めるべきなんです。それが生きているってことですよ。それを忘れちゃいませんかね。

それに、自分が死んだ後まで物事を支配しようとするのは、謙虚じゃないと思いますよ。生意気というか傲慢というかね。それは、未来をなくすということですよ。そもそも見えないはずの未来を予定することによって消してしまうわけですからね。それこそミヒャエル・エンデの「時間どろぼう」でしょう。そんなことをしていたら、みんなの思惑みたいなもので、どんどん世界が窮屈《きゆうくつ》に窮屈になっていくだけです。だったら、「自分が死んだら、おまえら喧嘩しろ」って言い残しておいたほうがいい。そうすると、逆に喧嘩をしないかもしれませんよ。

だいたい、遺言を残せば迷惑がかからないと思っている人は、自分が今生きていることが人の迷惑になっているとは微塵《みじん》も思っていないんじゃないですか。自分がいること自体が迷惑だって、八十も越えたらそのくらい考えていないといけないでしょう。そういう自覚のない人が多くなったら、それこそ迷惑ですよ、まったく。

人間誰しも、人に迷惑をかけるのなんて当然なんです。人っていうのは、いるだけで迷惑なものなんですよ。それを互いに許容するのが大人であり、社会でしょう。十分に成熟できない社会というのは、人間関係も深くなりませんよ。

私は以前しょっちゅう死体を片付けていましたからね。迷惑かけたくないなんて言うのは、ほとんど子どもの言い分だと知っているんです。

「人様に迷惑かけるな」って子どもには教えますが、それは子どもというものは、まだ手前勝手をするものだからです。そこのところを考えてほしいですよね。

たとえ親しい人だとしても、同時にそれは迷惑な存在でもあるんです。そうでしょう。私なんか、しょっちゅう言ってるんです。女房が病気になったら俺が困るんだって。女房だって、そりゃあ困るでしょう。本人はあっちが痛いこっちが痛いって、病院に通っているわけですから。でも、そういう人が身近にいたらこっちも大変でしょう。そのことを言っているんですよ。

人っていうのは、生きているだけで迷惑なんです。

そんなに稼いでどうするの?

たとえば、丸の内へ行くとします。ビルがいっぱい建っていて、みんな働いていますよね。あれは実際、何をしているんでしょうね。つまり、なんであんなに働いているのかということです。私には最近、あれは全部、一種人間の錯覚みたいな気がしてくるんです。今日も、どこそこの店長が人の分まで働いて過労死したというニュースを見ましたが、なんでそこまでしないといけないんでしょうね。

学校へ通うとなると、お母さんに、ちゃんと勉強しなさい、いい学校に入りなさいと言われる。卒業したら、今度はお勤めですね。さて、お勤めして何をするのか? 仮に、銀行に入ったとする。でも何十年かしたら、リストラにあうわけでしょう。今なんてもう、数万人という規模で既に決められているじゃないですか。これは、いったいなんなんでしょうね。

考え出すと、世の中って変だなと思うことばかりですよ。私たちの頃は、仕事を持たないと食えないと言われた。その時代は食べ物がなかったから、本当に食えなかったんです。でも今はそんなことないでしょう。

若い頃は確かに私も一生懸命働いていました。だけど研究室だから、自分で勝手にやっているわけで、いついつまでに何々をしなくちゃいけないというふうに働いていたわけではありません。これは楽でしたね。嫌になったらいつでも自分でやめられるんですから。

だから逆にいうと、研究生活をしたいなと思ったのは、会社勤めが嫌だったから。仕事が先にきて、それをやらなきゃいけないとなると嫌になっちゃうだろうなと思っていましたね。みんなそういうことを考えないんですかね。

研究なんてやりたくなけりゃ、やらなきゃいい。誰もやってくれって頼んだわけじゃない。しかも本人も何をやっているんだかわからない。当時はそれを聞かれるのが一番嫌でね。いつも、「何のためにしているんですか？」って聞かれると、「何のためにやっているのかなんてわからない。やってみなきゃわからないだろう」と答えていたものです。

今の世の中は、「やってみなきゃわからない」とは言えないんです。そんなふうに答えると、なんて言われるか知っていますか。「そんな無責任な」ですよ。今の人はそういうふうに考える。でも、やってみなければわからないというのは、無責任なことでしょうか。それは経済中心に考えているから、そうなるんでしょう。だから、「経済ってなんだよ、経済がおまえを生かしているのか？」と言いたくなりますよ。

まるに聞けば「ケイザイ？　なにそれ？？」って言うでしょうね。まると問答するといい。「なんで働いているの?」「だって食えないから」「食えないってエサがないってこと? エサはあるよ」なんて。

まるだったら、会社に入っても食べ物と仕事はなんの関係もないと思うでしょうね。人はみな「回りまわって食えるんだ」と言うでしょうけど、今は食糧難の時代じゃなし、食うには困りませんよ。お金だって、少しあればいいわけでしょう。あれが食いたいのこれが欲しいのと言っているだけのような気がしますな。

ドナルド・トランプやビル・ゲイツなんて、とんでもない金額を稼いでいるじゃないですか。何であんなにいるんですかね。何が必要なのか、さっぱりわかりませんよ。

現代は、言葉も実体も含め、経済というものが人間の活動の中で非常に大きな位置を占めていますよね。新聞だって経済面が大きいでしょう。

江戸時代は士農工商で、商はドンジリでした。それは何も差別ではないんです。でも最近は、なぜそんな一生懸命に経済を追求するのかがわからなくなってきましたな。あんなに一生懸命働くから金に余裕ができるわけでしょう。嫌というほど経済的な余裕が大きくなるもんだから、あれもこれもとなっていくんですよね。それで、原爆をつくったりミサイルをつくったりしているわけでしょう。何をしたいんですかね、人間って。

戦後の経済発展で、まあ確かに楽にはなりました。歩かなくてすむようになったとか、寒かったら温められるようになったとかね。便利なものもたくさんできた。でも、だから幸せかというと、そうでしょうか。人間は本当に幸せを追いかけているんですかね。

いい気持ちというのは、それは一時的なものでしょう。でも、いい気持ちって、悪い気持ちがないとわからない。当たり前だけど、相対的なものなんです。

どうですか。今より良くなりたいですか？

まるを見ているとわかるんですよ。あの程度でいいんじゃないのって。

動物とのつきあい方

今、日本にいる犬と猫の数は一千万のケタと言われています。恐らく日本の総人口の六分の一くらいはいるんじゃないですかね。ブータンに虫捕りに行った時のことですが、街なかを犬が自由気ままにウロついているのをよく目にしました。日本は犬も猫も室内で飼うことが多いから、目につかないだけで、数の多さは相当だと思いますよ。

ブータンは世界一幸福な国として有名ですよね。私は何度も行っているから実感できるんですが、動物が自由に暮らせるというのは幸福なことだと思います。日本だったら、猫はなるべく外に出さないように、犬はリードで繋いでという具合でしょう。そういう飼い方というのは、果たして動物にとっては幸せなんですかね。自分に置き換えて考えてみたらよくわかるでしょう。どちらがいいかなんて、聞くだけヤボですな。私は「虐待」に近いと思います。

経済的には日本のほうがはるかに発展しているかもしれないけれど、動物の暮らしぶりを見るとブータンは幸福な国ですよ。

人間は本質的に、自然を求めるという性質を持っています。だからペットを飼う。動物って、自然そのものですから。でも、経済成長の名のもとに、せっせと自然を減らしてきたでしょう。都市化ってそういうものですよね。だから、街のなかに公園をつくったり、休日になれば郊外に出かけて行く。登山ブームなんて、その代表的な例でしょう。自然から遠ざかれば遠ざかるほど、自然への欲求がいや増す。それを満たしてくれる身近な存在として、ペットが重宝されるようになる、そういうことです。

でもね、ちょっと考えてみてください。自然というのはそもそも、予測不可能だしコントロールもできないものですよね。そういうものと一緒に暮らしていると考えたことがありますか。もちろん、みんなが集まって暮らしている社会ですから、自由放任というわけにはいきません。ある程度の制約を設けて、コントロールすることもやむを得ないでしょう。だからこそ、これからの社会では人とペットのつきあい方をもっと真剣に考える必要があるのではないですかな。

いつだったか鎌倉の街を女房と歩いていたら、前方にベビーカーを押しているご婦人がおられた。よくよく見たら、乗っているのは犬。自分の足で歩くことも走ることもしないんですよ。女房は怒っていました、「犬は犬らしく歩かせろ」って。

ブランドの服なんかを好んでペットに着せる飼い主もよくいるでしょう。そんなことをして犬は嬉しいんですかね。

私は子どもの頃から、いろいろな動物とつきあってきました。猫はずいぶん昔から飼っていて、猿《さる》が家にいたこともありました。大船の松竹撮影所で、映画の撮影に使った二匹の猿がお払い箱になって、そのうちの一匹をうちで引き取ったんです。私が中学生の時でしたね。ももちゃんという名前で、ずいぶん長生きしました。しつけができていなくて、どこでも粗相《そそう》してしまうので外で飼っていましたね。

猿はとても利口で、社会的関係も人間に近いところがあります。社会性が高くて、人間との間でも序列をはっきりさせます。誰が偉いのか、一瞬で見分けるんですね。だから、猿を飼う時は、どちらが偉いのか理解させるために、初めに噛《か》みつけというくらいです。うちでは一番偉いのは母親でしたから、二階の窓から姿が見えると態度が変わりましたよ。それくらい、猿は敏感なんです。

ももちゃんがうちに来た最初の日に、ピーナツをポケットから出して食べさせたんです。次の日にはもう、私のポケットに手を突っ込むようになっていましたね。教えてもいないのに、ちゃんと覚えていたんですよ。すごいでしょう。

おもしろいこともいろいろしました。なんでも食べるから、ある時、ラーメンの残りものを丼ごとあげてみたことがありました。そうしたら麵《めん》を一本そーっと引き出しましてね、どんどん引っぱっていく。三十センチぐらいまできたところで、突然ギャッと叫んで逃げ出しました。無限に続いていると思って怖かったんですかね。

雨戸に外からつかまっていたことがあって、戸板の裂け目から見えている指にちょんと触ってみたら、びっくり仰天して大騒動。そんなこともありました。

当時うちにいた子猫をすっかり気に入っていて、子猫がそばに来るとすぐに抱こうとするんです。でも、きつく抱くから、猫は嫌がってなんとか逃げようとする。それでも、がんばって抱っこしていました。あの光景を思い出すと、猿の時代から人間は猫好きだったのかもしれないなと思いますね。昔から「猫可愛がり」っていうでしょう。猫は古い生き物で、一万年くらい前からヒトと一緒にいます。だから、単にかわいらしいといった理屈ではない、何か引っかかりがあるんでしょうね。

犬も社会性は高い。序列を理解しているし、人間の生活に関わろうとする。テレビの動物番組なんかでも、利口な犬がたくさん出てくるでしょう。それに比べると猫は異質というか、社会性のある動物ではありませんね。人間に序列をつけるかというと、あまりはっきりしない。でも、社会性が全くないかというと、そうでもなくて、大事なところは摑んでいるという気がします。あとは、我関せず。「なんだおまえら、フン」という顔をしている。まるなんかもそう。だから、テレビの取材で来られる方々は苦労していますよ。まるのあとをついて行くしかないし、機嫌が悪くなればそっぽを向かれる。まるで、どこぞの大スターのようですなあ。

私のことだって、「便利なエサ出し機」くらいに思っているに違いないですよ。「腹すいた。あいつのところに行くか」って。まあ、それでいいんですけどね。

ネズミとのつきあいも長いですね。大学の研究室では、マウスを飼っていましたから。研究室にいるマウスというのは、生まれた時からケージの中にいて、エサも水もあって環境も快適、何不自由ないものだから、シッポをつまんでブラブラさせても平気なんです。ケージから出しても、ゆっくり歩いていて逃げない。

それでもたまに脱走するやつがいて、一週間もすると、ものすごく俊敏になります。野生に戻るんですな。それを見ているから、私は人間のことをあまり心配していません。おそらくヒトも同じだろうと。今は頭でばかり考えておかしくなっているけれど、いずれ野生に戻るんじゃないですかね。

現代社会というケージから逃げ出して自然の中に身を置いた時、人や世の中はどのように変わっていくのか。楽しみじゃないですか。

「関節が痛ぇ」

私の母はシャム猫を飼っていましたが、母の死の三ヶ月前に、その猫は死んだんです。「猫が死んだから私もそろそろ」なんて、九十五歳の母が言っていたのを思い出します。私もまると寿命の長さ競争ですよ。

「まるも自分が歳とったことをわかるんですか？」と聞かれたことがあります。その人は当然、猫も自分の老いを嘆いていると思っていたようですが、どうでしょう。動物には自分が歳をとったかどうかはわからないでしょうね。特に猫は社会性がないので、自分と他者を比較することがない。足が痛いのは足が痛いというだけで、歳のせいだとは思わない。

人間も基本はそうじゃないですか。一人でいる時は、自分のことを歳とったなんて思わない。いちいち一人でいる時に自分の歳を意識したりしないでしょう。他人やら昔の写真やらと比較するからこそ、老いを自覚するんです。

まるは今年で十五歳。スコティッシュフォールドという種類でイギリスのスコットランドが原産。丸い目に丸い顔、折れた耳が特徴です。体格はしっかりしていて手足がすごく太い。腰を抜かしたような独特の座り方をするんですが、それを世間では「スコ座り」って言うらしい。うちでは通称「どすこい座り」。力士が床に尻をぺたっとつけたみたいでしょう。

腰や股関節《こかんせつ》が形成不全のためにこんな座り方になる。人間で言うと「先天性股関節脱臼《だっきゅう》」。まあ、一種の病気なんですね。

まるなんて、レントゲンでみたらひどいものです。足の関節あちこちが石灰化しちゃって、かわいそうですよ。血管の中膜の部分にカルシウムが沈着して、血管が硬くなっている。もし本人が口をきけたら、「関節が痛ぇ」って言っていると思います。

今は私も比較的元気ですけど、連日おかしな感じはある。歳をとるとそういうものなんです。だいたいブツブツ言ってるでしょう、年寄りって。

昨日も八十歳の知り合いの女性と、歳をとるってどういうことか話していました。たとえば、電車の乗り降り。座席に座っているとします。もう次の駅で降りなくちゃいけない、動かないといけないってわかっているんだけど、じっとしている。さっと立たない。つまり、今の動作から次の動作への移行に時間がかかるんです。

動作の切り替わりが自分の主観と合わなくなってくる。細かくはわからないけれど、そこがずれてくるんです。車に乗る時も降りる時もそうです。若い時は、ある動作を次の動作へ移すのなんて、なんの問題もないでしょう。歳をとるといちいち意識する。億劫《おっくう》になるんですね。「面倒くせえなあ」って。

自分が思っているより時間がかかってしまっていると感じたり、行動がずれていると感じるのは、昔の記憶があるからでしょう。だから、「ああ、歳だからしょうがねえな」ってなるんですよ。そういうことが動物にもあるのか？　おそらく人間だけでしょうね。記憶のあり方と時間感覚が、人間と動物ではたぶん違うからです。

人間には「エピソード記憶」というものがあって、たとえば昨日の夕食をどこで誰と何を食べたかというような記憶のことを言います。人間はひとつの物語みたいにして、「こんなことがあった、あんなことがあった」といろいろ覚えている。まるなんか何も覚えていないと思いますよ。近くに来て「メシ」って言えばエサをくれるってことだけはわかっていますけどね。

時間感覚も人間と動物では違うと思いますね。おそらく、動物には「現在」しかない。人間もそういう状況になることはあります。「フロー（flow）」って聞いたことがあるでしょう。時間を忘れて何かに没頭している集中状態にあることです。

たとえば、今にも沈みそうなタイタニック号に乗っている人なんかは、今のことしか考えていない。戦争中も割合そんなふうになりやすいんじゃないか。未来なんて考えられませんからね。私より十歳くらい上の人は、「戦争が終わってどう思いましたか」と聞かれると、「助かったと思いました」と答えますよね。どのみち戦争にとられるか、空襲かなんかでやられると思っていたのが、戦争が終わって、これで生き延びた、助かったと思ったと言います。動物は常にそういう感じなんでしょうね。

だから「今その時」を生きている動物は、日々危険な目に遭《あ》わないようにという意識のほうが強い。まるだって、知らない人が家に来ると、そうとう警戒していますよ。では死についてはどうか。死については、人間が考える死というものとは違うけれど、何か自分が普通ではない状態にあるということは、動物もわかるんだと思います。

先代の猫チロは十八歳で亡くなったんですが、やはりそうでした。ちょうど元旦で、外は雪が降っていて寒い日でしたが、ほとんど歩けないのに、どうしても外に出るといって戸口のところまで這《は》っていく。いくら止めても断固として聞きませんでしたね。仕方なく外に箱を出してその中に入れるようにしましたが、そのままそこで息絶えました。猫は自分の死を悟ると、人前から姿を消すというのはよく聞きますよね。そういう、死期を悟るという感覚は、人間にも動物にもあるのでしょう。

人間は、必死になってすごいシステムを構築しているけれど、どうせ歳とったらみんな死ぬんです。だったら、何でもほどほどでいいでしょう。歳をとると実際、そう思うようになるんです。「ああ今日も無事にすんだ」って、それだけで満足しちゃう。まるだって、食べることと寝ること以外、何も考えていない。もちろん昨日のことは忘れている。だからすべてが一期一会。その良さもあると思うから、まるを見て参考にしているんです。

笑って死ぬ

もし死んだらどうなるかなどと、くよくよ考えている人が時折いますね。どうなるかなんて、いくら考えてもわかるはずがありませんよ。だって死んだことがないんですから。

私自身は、自分の死で悩んだことがありません。死への恐怖というものも感じたことがありません。自分の死よりは、父親の死のほうが、よほど影響が大きかったですね。

私の父親も母親も自宅で死にました。父の死も母の死も、だから決して抽象的なものではない。解剖だってそうです。死体という具体的なものを相手にしてきたわけです。だから一般化していう死の話や自分が死んだらどうなるかなんて、考えても仕方がない。死というのは勝手に訪れるのであって、自分でどうこうするようなものではないんですから。

私の記憶は父の死から始まっています。父は私が四歳の時に、結核で死にました。物心ついた頃から人生が始まるとすると、私の場合は、人生の始めから、死があったことになる。

父の臨終の前後だけ記憶が強化されていて、状況をよく覚えていますね。映画のワンシーンみたいに、風景がひとコマひとコマに分かれていて、十代、二十代になっても、それが突然浮かんだりしていました。

いつも寝ていた父が、その日は珍しくベッドの上で半分起き上がっていて、自分が飼っていた文鳥を空に放したんです。ベッドは窓際にあって、そばには母が立っていました。父と母が一緒にいる風景は、それしか覚えてない。

なぜ文鳥を放したんだろうと不思議で仕方なくて、父をじっと見ていたら、「放してやるんだ」と、ただそれだけ。これが、一番古い記憶の風景です。

何年たってもその風景をよく覚えていたので、一度母にたずねたんですよ。

「あれはお父さんが死ぬ朝だった。お天気がよかったから窓際にベッドを寄せたら、お父さんが鳥を放したの。亡くなったのはその晩だった」

そう言っていました。

自分にはそれが、父が亡くなる朝だったという記憶は全くなくて、文鳥を放している光景だけが頭にあります。おそらく、亡くなる前に身体が少し楽になったんでしょう。

万葉集の中で、鳥は「死者の魂」とされていますから、その記憶が私の印象に焼きついているのは、日本人だからだと思いますよ。父は自分の死期を悟ったのかもしれないと、母も言っていました。その風景がまずひとつ。

同じ日の夜中だと思います。父の傍らで寝ていたら、突然起こされましてね。雰囲気が異様なんです。大人がベッドのまわりに集まっていた。私はその間を縫って、前へ出ました。まだ寝ぼけていて、状況がわからなかった。

父の顔のすぐ横に出て見つめていると、「お父さんにさようならを言いなさい」と誰かに言われた。でも、私はその場の異様さにびっくりしてしまって、声すら出ない。口をきけない私を見て、父はニコッと笑いました。そしてその瞬間、パッと喀血《かっけつ》して、それで終わった。目をあけたままね。その時の光景はものすごく具体的ですよ。

戦時中の軍歌にもよくあったでしょう。「笑って死ぬ」っていうのは。私も後に「笑って死ぬ」っていうことを本やなんかで普通に読んだけれど、実際に自分も経験していたんだって気がついたのは、なんと四十歳を過ぎてから。言葉って実感とものすごくずれているんですよね。

あの時の父はまさに「莞爾《かんじ》として」という表現とぴったり一致します。それに気がついたのは、六十歳を過ぎてから。言葉ってなかなか自分のものにならないんです。

子どもの頃から、私は人と口をきくのも、あいさつをするのもとても苦手でした。母は開業医だったから顔が広いし社交的。だから、町行く人が私にもあいさつをしてくる。でも、よく無視して通り過ぎるというので、母にしょっちゅう怒られていましたね。

そのわけに気づいたのは、父が死んで三十年近くたってからです。ある日、地下鉄の中であいさつが苦手なことと、父親の死が結びついていることに気づいた。その時初めて「親父が死んだ」と実感したんです。そうしたら急に涙があふれてきましたね。

私は父の死の直前にあいさつをするように言われたがしなかった。父はその直後に亡くなった。だから無意識に、自分はまだ別れのあいさつをしていない。だから父とはお別れをしていない、と思っていたんです。父の死を認めていなかった。だから泣き出すまでは、父の死を実感できていなかったんですね。

でもその時にも、父の死の解釈がすべてできたわけではありません。だいたい解けたと思ったのが、四十代になってからで、きちんと語れるようになったのは、五十歳を過ぎてからのような気がします。なんでも簡単に言葉にできるものではないんです。

「オレオレ詐欺」には騙されません

終戦を迎えたのは小学校二年生の時でした。戦時中は空襲がいつくるかなんて、そんなことわかりません。だからその都度起こされては防空壕に入ってました。後で考えてショックだったのは、いわば大人が嘘をついていたということ。いちおう周りの大人の言うことを、そのまま信じてましたからね。

もちろん意図して嘘をついたわけではないでしょう。まあ、大半の大人たちも「あれ？」って感じだったんでしょうけれど。

新聞なんかもみんな嘘。嘘じゃなかったら、なんで無敵皇軍が負けたのか。一億玉砕で、バケツリレーや竹槍《たけやり》の訓練をやっていたんですよ。大人がそこまでやっていたら、子どもも一生懸命だと思うじゃないですか。なのに「負けた」っていきなり言われて。「えっ?」って。だから本当にあてになるものはないんだって、子どもの頃から考え出したんでしょうね。

昭和十六年から、小学校のことを「国民学校」って言いましたけれど、その頃の生徒たちは、終戦後、国語の教科書に墨《すみ》を塗っていますから信じない。世間のみんなが言うことは、ひょっとすると後で墨を塗らなきゃならないかもしれないよってことを知っているんです。

教科書に墨を塗ってごらんなさい。教科書はお国がきちんと編集して出した国定ですよ。それが、だめだ、墨塗りってなるんですから。教科書って先生より偉いくらいでしたからね。それに墨を塗るのは、それこそお国の面《つら》に墨を塗るのと同じことですから、そりゃあ信用しなくなるわけです。

子どもだったことも非常に大きいと思いますね。つまり、中身を受け入れるより形を受け入れる。それはね、子どもを怒ってみればすぐにわかる。怒って説教すると子どもは説教の中身より親父が「怒っていた」ってことだけを覚えている。別に理屈じゃないんですよね。

その体験を裏返すと、じゃあ、信用できるものはなんなんだろうって話になる。そうすると、たとえば人が信用できるのは、「すること」であって、「しゃべること」じゃないなって。そうでしょう。どの人が何をするか見ていればいいんです。難しい話でもなんでもない。

だから、わからないのが「オレオレ詐欺《さぎ》」。あれは我々の世代ならスルーですからね。騙《だま》されるとしたら、上か下の世代じゃないかなと思います。上は、お国のためと信じ込んでやってきて大人になった世代。それが間違っているっていっても自分たちのせいだからね。一方で下は墨塗りの経験がない世代。だから調べてみたら、我々の世代はひょっとすると「オレオレ詐欺」にはひっかからないかもしれない。

免疫ができていますから。

そういえば、都営住宅で一人暮らしをしている十歳年上の実兄を訪ねた時です。エレベータに乗ろうとしたら、その脇に「電話はみんな詐欺」と書かれた貼り紙がある。年寄りが住んでいるところでは、電話というのは、今はもうみんな詐欺なんだと思いましたね。兄貴が、「おまえみたいな面倒な奴のところには、電話なんかくるわけないだろう」と言うので、笑いました。

これも戦争の後遺症かもしれないですが、みんなで一緒にやるっていうことが今でもだめ。子どもの時から、ぞっとする。北朝鮮の人文字があるじゃないですか。嫌ですね。よくあんなことするなって。私だったら一人で横へ歩きますよ。統制が取れた集団って気持ちがいいんだろうけれど怖いですね。だって、あんなことする動物いないでしょう。

蟻《あり》だってよく見たら、てんでんばらばらですよ。「歩調をとれ」なんてやっていない。時々横に行っちゃうやつもいる。だけどなんとなく全体としてバランスが取れている。それでいいじゃないですか。なんなんでしょうね、軍隊みたいなものって。本質的に人間は好きなんでしょうね。だからコンピュータがあるんでしょう。

計算方式があって、その通りにやればきちんと正しい答えが出る。それを「アルゴリズム」と言うんですが、一番の問題点は、そのアルゴリズム以外で答えを取り込めないものは、ないことになってしまうこと。だからコンピュータの中は「0」と「1」しかない。私なんかは行列や軍隊の足元を這っている虫ですな。絶対踏み潰される。

信仰というのを考えると、論理的に言うと、それは一種の自己否定の逆ですね。信じるという行為と神様という存在はほぼイコールなんですよ。つまり神様というのは正体不明だから、それを信じるということは、要するに「信じているということ」を信じている。それはもっといえば、自分が正しいと言っているのと同じことでしょう。

　そういう意味では私は、自分なんかあてにならないと思っていますね。だけどまあ、自分なんかあてにならないという前提で生きるのは、なかなか体力がいることなんです。

　こうして本が書けるのだって、八十年の間、ずっと疑い続けてきたから。そうでしょう。違和感がなければできませんからね。子どもの頃から疑っていれば、それが訓練になる。先生の言うことでも新聞に書いてあることでも、「本当はどうなんだ」っていちいち考えるわけです。

　疑ったり考えたりすることは毎日運動しているのと同じだから、筋肉ができるわけです。楽をしていたら絶対に体力はつかない。だから、楽しようとするやつを見たら腹が立ってくる。疑うことは考えることで、疲れることでもあるんです。

信用できるものはなんだ？

机の上で虫のことをあれこれやっている時は、耳が空いているから音楽をかけています。今は便利ですね。ＣＤでもいいし、ユーチューブでもいい。ユーチューブなんて、猫の動画なんかもたくさんありますから、ついつい見てしまいますね。

自分でもあきれているんですが、よく聴くのが「青年日本の歌」。俗に「昭和維新の歌」と言われるものです。私が生まれた時代の歌は、そういうものだったんですよ。ある時、うちに来てそれを聴いた人が「街宣車ですね」って。今だとそういうイメージになるんですね。

小学校二年生の時に終戦ですから、それまでは歌といえば景気のいい軍歌ばかりでした。今でも歌によっては、最初から最後まで全部歌えますよ。「アッツ島血戦勇士顕彰国民歌」は、山崎保代《やまざきやすよ》大佐の奮闘を歌ったもの。アッツ島は、現在は、アメリカ領でアラスカ州にあるんですが、その島で十七日間の激戦があったんです。その戦闘を指揮して玉砕したのが山崎保代。これがいい歌なんですよ。子どもだったから、ひとりでに覚えてしまった。

そういう歌を母は嫌っていて、「なんでそんなもの歌うんだ」って、よく言われましたね。戦後、その手の歌が、どこへいったかわかりますか。子どものアニメの主題歌になっているんです。全部そうなった。そんな感じがしませんか。だいたい同じようなもんですよ。

日本語で、元気のいい歌をつくろうとすると、どうしても軍歌調になるんです。つまりこれは、「抜けられない文化の型」ですよ。誰もが持っていて、表に出やすい気分なんです。今でも維新の会なんてやっているじゃないですか。

人はもうずいぶん昔から生きてますけど、時々世の中おかしくもなりますよ。だから、じいさんやばあさんの話もたまには聞いたほうがいい。そうすると、現在が偏《かたよ》っていることに気づきます。

最近は、また戦争の時代が来るんじゃないかという声も聞きます。そういう雰囲気が来たら、私なんか真っ先に「冗談じゃない」と言いますね。私は六十年安保も七十年安保も経験しています。そこでわかったのは、戦争で片付くことと片付かないことがあるということ。だから、日本は違う国になったわけでしょう。

同じようなことが戦争よりも前にあったことに気づいていますか。明治維新です。当時、小学校二年生くらいの子どもは、明治維新でどうなったか。たとえば、おじいちゃんが言っていたことを父親が違うと言う。つまり、人の言うことが信用できなくなってしまった。そこで、「信用できるものはなんだ?」と考え出すわけです。その代表的な人物が、野口英世や北里柴三郎。

時代が変わっても、変わらないものってなんでしょうね。世の中がガラッと変わった時、それを体験した子どもは自然を見るようになる。今日見た虫が昨日と違う虫になっていたなんてことはないでしょう。自然は嘘をつかない。

初めての解剖は、たしか二十歳の時だったと思います。その日の作業が終わると遺体が乾かないように布で包んで帰るんですが、翌日その布を解くと前日に終えたところできちんと止まっている。当たり前といえば当たり前ですよね。

「夜のうちに生き返った人はいない」なんて冗談を解剖学教室ではよく耳にしますが、その「当たり前」が私にあることを気づかせました。昨日と全く変わらない遺体を前にすると、なぜか気持ちがすごく落ち着いたんです。それは、遺体は絶対に嘘をつかない、変わらないものとしてあり続けるということ。自分はそういうものをずっと探していたんだなとしみじみ思いましたね。

私だけではなく、同じような考えの人は当時たくさんいたんじゃないでしょうか。

そういう人たちが戦後、何をしたかというと、車や計算機をつくった。デザインや性能は変わっても、車そのものは「変わらないもの」として世の中にあり続けますよね。本だってそうでしょう。紙からデジタルになっても、本は本としてあり続けている。戦後の日本人があれほど物づくりに邁進《まいしん》した理由には、そういう側面もあったのではないでしょうか。

世の中がひっくり返るような変化を体験すると、誰かに諭《さと》されるのではなく、ひとりでに考えるようになるんです。自分で判断するしかないってね。そういう思いを今の若い人は持つ機会がないから、何を信じていいのか迷ってしまうんでしょう。

みなさん、何を信じているか自分でわかっていますか。お金なんか単なる紙切れですよ。一万円持っていって使えるのは、相手がそのお金をまた別の場所で使えると思っているから。だれもそう思わなくなったらお金じゃなくなるんです。

私の場合、小さい頃に大きな変化を経験した影響が大きかったんでしょうな。親父を信用していたら早々と死んでしまうし、世の中を信用していたら、一億玉砕、本土決戦、鬼畜米英が百八十度変わって平和憲法、マッカーサー万歳でしょう。まあ、そういう意味では、まるのほうがよっぽど信用できますね。

ゾウムシで世界が変わる

子どもの頃から虫が好きで、よく昆虫採集をしていました。中学生の時につくった標本だって、今でも残っていますよ。

なぜ虫に興味を持ったか。それは、「世界がどうなっているのか?」という、ごく自然な疑問を持っていたからです。子どもって、何にでも興味を持つでしょう?

幼稚園の頃でしたかね、犬のフンに集まる虫をずっと観察していたら、母親がえらく心配になったようで、知能テストを受けさせられたこともありました。

私の虫好きって、子どもの頃からの好奇心が、ずっと続いているわけですよ。今はゾウムシをずっと調べているんですが、みなさん、ゾウムシってご存じですかね。

カブトムシなどと同じ、甲虫の仲間です。口が長くて、顔が象に似ているから、ゾウムシ。

この虫を調べ始めたのには、訳があるんです。昔は私もいろいろな種類の虫を集めていたんです。クワガタとかカミキリムシとかコガネムシとかね。でも、そういう虫は人気があって、好きな人が多いんです。友達にもたくさんいます。

そういう人が我が家に来るとどうなるか。自分の好きな虫を持っていってしまう。極端なヤツになると、空の標本箱を持ってやって来る。それで、なんて言うと思います？「昆虫採集するのは、人の家に行くのが一番効率がいい」だって。

だから、人気のある虫はあらかた持って行かれて、気がつけばゾウムシが一番多く残っていた。「しょうがないから、これを調べるか」って、それであちこち行ってゾウムシを集めるようになったんです。

ところが、このゾウムシってすごいんですよ。甲虫というのは、昆虫の中でも最も種類が多い。その甲虫の中でも種類がダントツに多いのがゾウムシです。日本国内だけでも、この仲間は、名前がついているものだけで千六百種類くらいいると言われています。世界規模で見たら、実際はどのくらいいるのかわからない。ラオスで採集したゾウムシなんて、半分くらいは名前がわかりません。

アメリカ人は創造説を信じている人が多いですよね。神様がいろいろな生き物を創ったって。私に言わせれば、神様はよほどゾウムシが好きだったんだなってことになります。

とにかく、それほど数が多くて、全部調べるのはとても無理。だから、対象をうんと小さく絞って、日本国内の「ヒゲボソゾウムシ」、東南アジアの「クチブトゾウムシ」を調べています。

世界中でゾウムシに関心を持つ人がどれくらいいるかというと、名前も顔も知っている人を指折り数えると、三人か四人。そういう「世界」です。

ゾウムシの魅力は何かというと、こういう自然のものでも区別がつけられるようになると、どんどん面白くなってくるということ。違いを見つけるコツは「慣れ」です。「眼ができてくる」んです。これは違うとか、これは違って見えるけど同じだとか。そういうことが、極端にいうと一目でわかるようになってくる。骨董品《こっとうひん》の鑑定もそうでしょう。

違いがわかるようになる、それはつまり、「発見」ですよ。なぜ八十歳になっても、飽《あ》きもせずに虫を見ているのか。お金には全くならないし、尊敬もされないけれど、この「発見」があるからですよ。

みなさん、「発見」って、何かを見つけることだと思っているんでしょうね。違うんです。たとえば、ある日突然、今まで同じだと思っていた虫が違う種類であることに気づくとする。それは、「違いがわからなかった自分」が「違いがわかる自分」に変わったということ。見える世界が変わったということなんです。つまり、

「発見」というのは「自分が変わる」ことに他ならない。自分が変わった瞬間、世界も変わるんです。

発見があると、自分が生きているということを、しみじみ実感できる。だから私は、虫を見るんです。これも違う、あれも違う、まだある、まだまだあるって、きりがない。だから面白いんです。まあ、一生かかっても終わりませんな。

虫捕りのススメ

「所変われば品変わる」と言いますが、これは虫にも当てはまります。同じように見える虫でも、捕る場所が変われば、種類も変わってくる。そういう経験をしていくと、古地理学にも興味を持つようになります。

古地理学というのは、地質時代に海や陸がどうなっていたか、生物の分布がどうなっていたかなどを調べる学問ですね。

たとえば、中米のコスタリカ。あそこは、南北のアメリカ大陸がおよそ二百五十万年前に結合した部分です。虫を調べてみると、太古の時代に、北米の虫と南米の虫が混じり合ったことがわかるんです。

日本だと、糸魚川《いといがわ》－静岡構造線というのがあります。新潟県糸魚川市から長野県の諏訪湖《すわこ》を通って静岡県の富士川まで続く断層です。昔、本州はあそこで切れていた。間に海があったんです。信じられますか。またくっついて今の地形になったんですよ。

そこが分断されていた時、実は、その両側にいた虫は違う虫になっていたんです。それで、陸地がまたくっついた後、虫が混じるかと思ったら、必ずしも混じっていない。中央構造線を越えないんです。日本中でそういうケースがいろいろとある。

そういうことを、各地を歩き回って細かく調べていくと、頭の中に地図ができてくる。その地図の中だと、四国は東西に割れているんです。ちょっと、四国の形状を思い浮かべてみてください。棒の両端に球が二個くっついたような形をしていると思いませんか。これ、亜鈴《あれい》状というんです。鉄アレイの「アレイ」。それで右側のほうがちょっと北へ高くなっている。

その四国の東西でゾウムシの種類が異なっていることがわかった。そこで、はるか昔に四国は東西に分かれていて、その後くっついたのではないかという仮説を立ててみたんです。それに合致する形状をしているのが吉野川です。二ヶ所が直角に曲がっている。つまり、別な川がつながってできたんじゃないかと推測したんです。

小学校の頃から、吉野川はなぜあんな形をしてるのか不思議で仕方なかったので、数十年来の謎が解けて感動しましたね。もちろん日本地質学会誌に論文を書いたわけではないですから、正解かどうかはわかりませんがね。そういう発見も虫捕りの楽しさのひとつなんです。

「こうなるはず」と思っていても、実際はまるで違ったりするのが自然の面白いところです。現代社会は「ああすれば、こうなる」で満たされていて、あらかじめ結果が見えている。だから、面白くも可笑《おか》しくもないんですよ。そういうところに若い時から押し込められていたら、抜け道や逃げ道が必要になる。私の場合、それが自然だったり、生き物だったり、虫捕りだったりしたわけです。

私の子どもの頃は、そこらじゅうに空き地があって、トンボやセミを捕まえたり、川に入って水遊びもできた。でも今はそういう場所がなくなってしまった。都市化は子どもたちから、自然を取り上げてしまったんです。空き地があっても、「管理地につき、立ち入り禁止」ですから。

大学生の時、我が家に近い小学校の敷地が削られて、そこに市役所が建ったんですね。その光景を見た時、「子どものものを削って、大人のものをつくるようになったのか」と思いました。当時は、子どもの遊び場がなくなることを危惧《きぐ》する世論も多かった時代でしたが、バブル以降は全くそんなことも聞かなくなりましたね。土地は財産で、子どもなんか関係ないってことになってしまった。

最近では、出入り自由な空き地があったとしても、そこで事件なり事故でも起きて子どもが巻き込まれでもしたら、土地の所有者だって袋叩きでしょう。誰も入ってはならぬ、となりますな。でもね、予測のつかない自然の中で動くということは、生きる上で大切な応用力を身につけるのに最適なんです。

私は子どもたちとも虫捕りに行きますが、「この虫はなんですか」と聞かれれば答えるけれど、知らないものはわからないと言いますね。どうやって捕るかなんてことも一切教えません。それは自分で見つけることで、つまり生き方を発見していくことと同じだからです。

生き方を発見するというのは、つまり、「自分はなんのために生きているのか」を考えることですよ。でも、普通はそういうことを考えないでしょう。考えると生きるのに邪魔になる。サラリーマンが「俺はなんのために生きてるんだ」って考え始めたら、仕事がつかえてしまう。でもそれは時々考えないといけないことなんです。

そういう意味では、虫捕りは大人こそやったらいい。人間社会の始まりに持っていた狩猟採集の本能も満たしてくれる。

定年退職後に「何をしたらいいのかわからない」ってボヤいている人も多いでしょう。家にばっかりいるもんだから、奥さんと険悪になって、挙げ句の果てには熟年離婚。だったら、虫捕りに行きなさい。

私の虫仲間なんか、「おまえ、会社クビになったらどうする?」って聞けば、「虫捕りに行く!」って即座に答えますよ。

なぜ「猫に小判」なのか？

人間にできて動物にできないことってなんでしょうね。笑うこと？　いえいえ、動物も笑いますよ。笑うと言われています。私たちが見ても、笑っているのがわからないだけです。喜怒哀楽の感情というのは、動物的なレベルで生まれつき備わっているものなんです。

だから、感情に関しては、基本的にヒトも動物も同じ。猫だってそうです。うちのまるなんかも、私が虫の標本を見ていたら、「おまえ、そんなもの見てなにが面白いんだ、フフン」と笑っているのかもしれませんな。

とすると、何が違うのか。答えは簡単です。動物には「イコールがない」。たとえば、チンパンジーは遺伝子構造が人間とほとんど一緒で知能も高い。彼らは3＋3が6になるというような計算をいともたやすくこなします。覚えておいででしょうか。京都大学の霊長類研究所に、アイちゃんというチンパンジーがいるでしょう。彼女は、自動販売機にお金を入れてリンゴを買うなんていうこともできた。京都大学のチンパンジーはみんな秀才ですから、計算くらいわけはないんです。

ただし、「イコール」がわかるかといえば、その意味を理解していないと思います。われわれが学校教育でイコールの意味に気づくのは中学生の時です。数学の授業で、代数が出てきますよね。2x＝6なら、x＝3という、あれです。そこで気がつくんです。わかりますか、何に気づくか？「同じにする」ということですよ。そうでしょう。xと3は「同じ」だと判断できるようになる。

この段階で数学が嫌いになってしまう人もいます。なぜか。「xはアルファベットだろう、なんで文字と数字が同じになるんだよ」と考えてしまうからです。x＝

3から次のレベルに進むと、a＝bというのも出てくるでしょう。方程式ですね。普通の人は、このa＝bがわかれば、b＝aであることも理解します。こうなるとさらにわからないという人もいます。そして、「aとbは違う文字だろう。同じものなんだったら、明日からbって文字はいらないだろう」などと言い出します。私の知人にも、そういう男がおりましたな。まあ、たいていの人は、a＝bならb＝aで、aとbは同じと考えます。

動物がこのことを理解しないという逸話をご存じですか。故事成語で朝三暮四というのがあるでしょう。猿を飼っていた宋の狙公《そこう》が、猿にトチの実を朝に三つやる、夜四つやると言ったら、猿が少ないと怒った。それで、朝に四つ、夜に三つやるといったら、それでいいと喜んだという話です。

人間なら、それはどっちも同じじゃないかと言うでしょう。ところが、動物には、イコールが理解できないんです。つまり、a＝bはb＝aではないということです。

なぜか。何も考えず、二つの式を見てください。a = b ではaの文字が左にある。次の式ではaが右にあるでしょう。ね、違うじゃないですか。動物はそんなふうに違いをとらえているんです。いわば、「違いの世界」に生きているわけですね。

では、違いとは何かというと、それは「感覚でとらえる」ことです。犬を飼っている方が散歩の道すがら、いろいろな人とすれ違う。飼い主にとっては、すべて同じ「人」ですが、犬にとってはすべて違う生き物に見えている。視覚だけでなく、臭いでも違いをとらえています。なにせ、犬の嗅覚《きゅうかく》は人間の一万倍ですから。なぜそんなに嗅覚が鋭いのか。それは、感覚で違いをとらえて生きているからです。

犬は聴覚もすごい。犬笛ってあるでしょう。あれは人間には聞こえない領域の音、つまり超音波です。大学生の時、私はフルートを習っていたんですが、吹くたびに先生のお宅の犬が吠えた。しかも、へんな声で。笛という楽器は、下手くそが吹くと高音が出てしまうんです。おそらく余分な音が出て、犬はそれに反応していたんですね。「変な音出しやがって」と迷惑に思っていたのかもしれません。

優れた音楽家は「絶対音感」を持っていると言われます。これは、他の音と比較せずに、音の高さがわかるという能力です。みなさん、音楽の才能がある人だけに与えられた「特殊能力」だと思っていませんか。実は違います。誰でも赤ん坊のうちは、音の高さを区別しています。けれど、成長につれ言葉が使えるようになると、その区別ができなくなるんです。逆にいうと、言葉を使いこなすには、音の高低がわかってはいけないんです。

たとえば、「太郎」という名前の子どもの場合、お父さんお母さんなど誰が呼んでも、つまり、どんな音の「太郎」でも自分のことだと認識できなければ、やりとりが成り立ちませんよね。要するに、人間は言葉が使えるようになるにつれ、絶対音感を失っていくんです。

音の高低がわかるというのは、本来、動物が持っている能力です。つまり、感覚で違いを見分けられるということ。そういう意味では、赤ん坊は動物と同じです。こんな実験もあります。生後一ヶ月の乳児の頭の両側に、母親の母乳と別人の母乳を浸したガーゼを置くと、どんな赤ん坊も、必ず自分の母親の母乳を選びます。同じ実験を父親にすると、まったく違いがわからないそうです。つまり、人間は誰でも、生まれたては感覚で外の世界をとらえているんです。

もうひとつ例をあげましょうか。私が赤いペンで「青」と書いて、まるに見せたとします。まるはなんて答えると思います？　「アカ」と答えますよ。感覚でとらえたら、そう答えるのが当たり前です。人間なら、誰でも「アオ」と答えるでしょう。なぜだと思います？　それは、我々が感覚を即座に無視して、頭の中で意味に直結させているからです。どんな色で書こうとも「青」は「アオ」と読みますよね。これはつまり、感覚から入って来たものを頭の中で同じにしているわけです。

この「同じにする」という能力が、つまり、「イコール」です。先ほど説明した

a＝bならb＝aがこれですね。数学ではこれを「交換の法則」と言います。みなさん、動物が交換するのを見たことがありますか。猿が山の中で兎《うさぎ》をとってきて、犬が畑でキュウリをとってきて交換すれば、動物の生活は楽になるでしょう。でも、動物にはそれが絶対にできません。

この「交換」に、さらにイコールを重ねたのが「等価交換」です。そのための道具が、お金ですね。あらゆる商品がお金を介して交換可能になると、労働が給与やアルバイト代になり、それがお昼のカレーになったり、パソコンになったりもします。これって、考えようによっては、メチャクチャだと思いませんか。労働がパソコンに変化するんですよ。若い頃はこれが本当に疑問だったんですよ。なんで俺とパソコンが同じなんだろうって。今の人は、そんな疑問を感じないでしょう。

うちのまるに一万円札を見せると、しばし臭いを嗅いで、すぐに寝てしまう。これを昔の人は「猫に小判」と言いました。朝三暮四にしても猫に小判にしても、昔の人は人間と動物の違いを知っていたんだと思います。

交換という概念は、対人関係においても成り立ちます。自分と相手を取り替えることができる、つまり、相手の立場になって考えることができるということです。それは、民主主義社会の根本でもあり、平等ということでもあります。

人間は意識に強く依存して生きてきて、イコールの社会をつくりました。それは人間の特徴であり、我々はそれを進歩ととらえてきました。確かに進歩なんです。言葉も使えるようになりました。しかし、そういう進歩した社会が感覚を鈍麻させるという欠点は誰も指摘してくれません。

だから、感覚の世界を思い出すために動物を見るんです。猫と人間はどちらが幸せか、言い換えれば、感覚に頼って生きるのと意識に依存して生きるのは、どちらが幸せなのかということです。人は、時々それを確認したくなるんです。

スタバのコーヒーはどこでも同じ？

歳をとったせいか、最近「先生、お変わりありませんね」とよく言われます。もちろん社交辞令であることは承知していますし、さんざん変わっていることも自覚しています。四十代は髪が真っ黒でした。それを覚えていたら、目の前の白髪頭がとても同じ人間だとは思えないでしょう。脳というのは特徴を勝手に抽出して、変わらないところだけを覚えているんです。だから、わずかなヒントがあれば、その人だとわかる。つまり、頭の中で漫画をつくって、昔の私と今の私を「同じ」にしているんです。

この「同じ」ということについて考えたことがありますか。「『違う』の反対だろう」って？　そんな単純な話ではないんですな。そもそも、世の中に同じものはあると思いますか。ヒトは感覚と意識を使って生きていますが、実は感覚でものをとらえた場合、絶対に同じということはありません。たとえば、大量生産品が百個並んでいたとする。見た目は同じかもしれませんが、実際には全て違っています。

リンゴで考えてみましょう。リンゴが百個あれば、実際はどれも色や形が違っている。ところが、ヒトはそれらを「リンゴ」という言葉でひとくくりにしてしまいます。一個一個は違っているにもかかわらず、どれも「同じ」リンゴにしてしまうのは、意識がそうさせているからです。つまり、我々の脳は、感覚でとらえた違いを、頭の中で「同じ」にするのです。

十数年前、ＳＭＡＰの「世界に一つだけの花」という歌が流行りましたね。当時、学生がよく歌っていましたが、私はあの歌が非常に気になった。どんな花であれ、それは世界に一つしかないに決まっているじゃないですか。

あの歌を聴くにつけ、私は「世界に二つある花があったら俺のところに持って来い」と言っていました。歌詞にある花とは、もちろん人を意味しています。つまり、あの歌でわかったのは、いかに多くの若者たちが人を「同じもの」だと思っているかということです。

私は、マレーシアのキャメロン・ハイランドにも虫を捕りに行きます。高原にある有名な保養地なんですが、そこにはスターバックスがあります。スターバックスのコーヒーというのは、マレーシアだろうと、タイのバンコクだろうと新幹線の品川駅だろうと、ものは同じでしょう。

人はあらゆるものを「同じ」にしようとします。グローバリゼーションの根本がまさにそうなんです。イギリスとアメリカは、共にその最先端にいた国です。とくにイギリスは非常に早くからその動きがあり、世界各地に植民地を持ち「日の沈するところなし」とまで言われました。アメリカの場合は、情報でグローバル化を行った。その手段となったのは衛星テレビでした。

二〇一六年、この二国にまつわる大きな動きが世界的に注目されましたね。一つはブレグジットを決めたイギリスの国民投票。これはブリテンがイグジットする、つまりイギリスのEU離脱のこと。もう一つは、アメリカ大統領選挙でのドナルド・トランプ当選です。

この二つの事象で注目すべき点は、両国共にメディアが結果を見誤ったことでしょう。別の言い方をすれば、メディアが望んだ予測に対して、投票の結果が逆になったということです。

これはおそらく、どちらの国民にも共通して「自分たちの社会は、このままでいいのか」という思いがあったからだろうと私は考えます。つまり、人々の中にグローバリゼーションや、それがもたらす進歩というものに対する疑いが長年積み重なっていた。そして、ついに表面化したということでしょう。多くの人が「同じ」であることに疲れ、結果、「同じ」の世界が少しほころびたんです。

世界を「同じ」にしていくのがグローバリゼーションなら、では究極の「同じ」とはどんなものか、わかりますか。数年前、ＮＨＫが自局の番組アーカイブをデジタル化したでしょう。まさに、あれです。

デジタルデータというのは０と１のパターンだから、全く同じものがいくらでもつくれる。アナログコピーは、回数を重ねるごとに違いが生じていきますが、デジタルにはそれがありません。

つまり、究極の「同じ」です。世の中のデジタル化というのは、要するに世界を「同じ」にしているということですよ。それに気がついている人は、どのくらいいるのでしょうね。

デジタルデータが蓄積されていくということは、たとえ千年経とうが昔と全く同じものが存在するということ。つまり、時間が経っても変わらないもので世界が満たされていくんですね。

　生身の身体はいつか必ずなくなってしまいます。ヒトの意識は、それに気づいているからこそ、永遠に死なないものをつくろうとしたのでしょう。それが情報の正体ですな。世界の暗黙のうちの理想は、情報化、つまり「同じ」になることだった。それは唯一、人間が動物と違ったところです。動物は感覚がとらえる、違いの世界に生きている。スタバのコーヒーだって、まるにとっては、すべて違うコーヒーでしょう。

　では、なぜヒトは「同じ」にしようとするのか。それは、感覚から入ってきたもので意識が乱されるのが嫌なんです。そのために、感覚入力をできるだけ遮断する。視覚でも聴覚でも、感覚から入ってくるものを意味のあるものに限定し、最小限にする。テレビはその典型ですね。無意味なものをいっさい映さないでしょう。感覚から入ってくるいろいろなものの中から意味を発見するということがなくなり、全てのものに意味があるようにしてしまった。

意味があるもの、意味と直結した感覚入力だけで生きるほうが、安心安全で快適と思っているから、人は世界を意味で満たしていく。だから私は都会が嫌いなんです。全ての意味が説明できてしまうから、自分の参考になるものが何もない。

たまには、自分が同一化していることを意識したほうがいいですよ。猫を見るとそれが少しわかる。動物には、絶対に「同じ」がない。彼らの目に映るものは「日々新た」なんです。

日本語は「悪魔のコトバ」

歳も歳なので、たまに調子が悪くなることもあります。だいたい原因は二つで、一つは食べ過ぎ。だから、食べ過ぎかなと思ったら食事の量を半分に減らしています。もう一つは運動不足。こっちは歩くのがいちばん。鎌倉は自然が多いから、いろいろな花が咲いていたり、虫や動物がいたりして飽きませんよ。

今年の梅は、ちょっと遅めでしたね。近所には桜も多いけれど、私はソメイヨシノがあまり好きじゃない。一斉に咲くでしょう。あれがつまらない。一代雑種で、種ができないから挿し木などで増やす。いわばクローンなんですよ。だからみんな開花が揃う。それが苦手。猫みたいに勝手気ままなほうがいいですね。

鎌倉という土地は昔、人骨が出たんです。鎌倉時代には風葬がふつうだったんですね。簡単に言えば、野ざらし。骨になる過程を自然にまかせるという弔《とむら》い方です。墓をつくる余裕が生まれると、それもなくなりました。

墓というのは、もともと言葉にならないものを表現する存在でした。ただ形があればよかった。やがて世の中いたるところに言葉があふれると、墓にも言葉が刻まれるようになったんです。

今は極端で、なんでも言葉にしようとする世の中ですよね。言葉にすると変わらないものになるから。情報化社会ってそういうことです。変わらないもので埋め尽くしていく。そうすると意外にわからなくなるのは、生きているとはどういうことかということなんですね。

言葉が中心であるというのは、非常に欧米的な考え方です。聖書は「はじめに言葉ありき」でしょう。アルファベットなんて、AからZまでの二十六文字で言葉にできるものは全部表せてしまうんです。

でも、本当は言葉にならないものもたくさんある。そういう感覚的な印象を多く残しているのが日本語の特徴のひとつです。オノマトペが多いでしょう。「しみじみ」とか「つくづく」なんて、数え上げたらキリがない。こういうものは、英語や他の言語には変換できません。なぜなら非常に感覚寄りの言葉だからですね。日本人の感性と文化がいかに感覚に寄っているかということを示しています。

「言葉とはなんだろう」。これは、私が一生かけて考えてきたテーマの一つでもあります。言葉の持つ最大の特徴は、「同じにする」という作用です。たとえば、「リンゴ」という字を目でみても、「リンゴ」という音を聞いても、頭の中では同じリンゴを思い描くことができる。本来なら、文字と音は違いますよね。でも、誰もが目と耳を全く同じに使えるわけです。

人間には五感がありますが、私は常々、三感と二感に分かれると言っています。

先ほど、視覚と聴覚は同じように言葉を理解できると言いました。触覚も言葉をとらえることができる。つまり点字ですね。この三つの感覚器から入った刺激は全て、脳の新しい部分である大脳新皮《だいのうしんひ》質《しつ》に入り、それぞれ言葉をつくることができます。

かたや、味覚と嗅覚は、脳の古い部分である大脳辺縁系《だいのうへんえんけい》に刺激の半分が行ってしまう。だから独立では言葉がつくれない。グルメ番組で料理の感想をあれこれ言うけれど、結局のところ「美味しい」としか言っていないのは、無理もないんです。

実は感覚というのは、古いものと新しいものとで二重になっているんです。たとえば、全ての脊椎動物《せきついどうぶつ》には三つ目の眼があったんですよ。これは「頭頂眼《とうちょうがん》」と呼ばれ、明暗を感じ取る働きがあります。ニュージーランドに今も生息するムカシトカゲには、レンズや網膜《もうまく》をそなえた第三の眼があります。鳥の場合は表からはわかりませんが、骨の下にあります。カエルも魚もそう。

耳の機能も、音を聞くというのは後からついてきたもので、最初は平衡器《へいこうき》官《かん》（三《さん》半規管《はんきかん》）の働きが主でした。人間にも動物にも五感がありますが、視覚と聴覚を同じにするようなことができるのは人間だけ。動物は別の器官で受け取った刺激は、違うものなんです。

日本語は感覚的な言葉だと言いましたが、もう一つ特徴があります。それは音訓読みでしょう。漢字文化は日本以外にもありますが、訓読みをするのは日本だけです。典型的な例をひとつ。「重」という字がありますね。これは「重《おも》い」のほかに、「重《じゅう》大」、「重《ちょう》複」、「重《かさ》ねる」、人名などで「重《しげ》」とも使われ、五通りも読み方があるでしょう。十重二十重《とえはたえ》はどうですか。この論理を外国人に説明しろと言われても無理ですよね。現にフランス人に説明したら「悪魔のコトバだ」と言っていたくらいです。ところが、日本人なら誰もが平気で異なる読み方ができる。

これは日本のマンガ文化の根本でもあるんです。マンガというのは絵があって、そこにフキダシがついていますね。このフキダシって何かというと、音でしょう。

絵が漢字に相当するわけです。意味ある図形があってそこに音がつけられているんです。漢字にルビがふってあるのと同じ構造でしょう。

日本では小学校で音訓読みを教えますが、日本の国語教育はマンガの読み方を教育しているとも言えますな。誰もそんな意識はないんだけれど、そうなっている。学校の先生は悩ましいでしょうね。

今はスマホで言葉も簡単に調べられる時代ですが、そんなもの私に言わせれば運動不足です。なんでも指の先だけで押せばいいってものじゃないだろうってことです。手で書いたり辞書を引くのだって、身体を使うということですよ。だから私は、しょっちゅう若い人に「身体を動かせよ」と言っているんです。

便利な世の中だからこそ、楽なことばかりしていちゃいけないんです。楽をすると何が起きるか。これはもうはっきりしています。自分が教育されない。車に乗ってばかりいたら歩けなくなる。それと同じことですな。

人間がいらなくなる日

現在、日本には数万種の職業があるらしい。一方、これまでに失われた職業というのも、たくさんあります。今では、キセルの修理や掃除なんかをする羅宇屋《らうや》なんてありませんよね。そういう職人さんなんて、もういないでしょうね。私が子どもの頃は、鶴岡八幡宮の二の鳥居の脇に蛇屋がありました。漢方薬に使う蛇を売っていたんです。みなさん、蛇屋なんて全然わからないでしょう。そのとなりにあった下駄屋ももうない。商売なんて、時代とともになくなったり発生したりするのが当たり前なんです。

最近は、ＡＩの進化でコンピュータが人にとってかわると言われています。いろいろな職業で人がいらなくなると言われていますよね。でも、そういう議論自体、バカげていると思います。道具であるはずのコンピュータが、なぜ人と置き換えられるのか。

それはコンピュータでできるようなことしか、人間がやっていないからでしょう。しかもコンピュータがすることを、高級かつ有益だと思っている。一生懸命に努力して、合理的、経済的、進歩的な社会をつくってみたら、暮らしているのはコンピュータだけの世界になったなんていう本も出ています（『人間さまお断り』ジェリー・カプラン著、三省堂刊）。何を考えているんですかね、本当に。

そもそもコンピュータにできることを、人がする必要はないでしょう。コンピュータと将棋《しょうぎ》を指したりするのは意味がない。百メートル競走を、だれがオートバイと競うんですか。走ることに特化した機械と、人が争う必要はない。そう思いませんか。

コンピュータで済ませられるものは済ませればいいんです。現にそうなっているものは随分あります。その典型が医療です。

私も患者として病院に行くことがありますが、行ってもすぐには診《み》てもらえません。まず番号順に部屋を回ることになる。最初はトイレですよ、検尿のための。そこから始めて全部済ませないと、医者に診てもらえない。

それで、ようやく医者と向き合うとどうなるか。検査結果しか見ていない。みなさんも経験があるんじゃないですか。お年寄りがよく怒っているでしょう。医者に行ったんだけど全然私の顔を見ない、手も触らないって。

つまり、必要なのは患者に関する情報であって、本人はいらない。医者はそう思っているんです。たとえば、CTやMRI検査をしますよね。あれはX線の透過度が数値として出てくる。つまり、患者の身体を情報に置き換えているんです。数字をそのまま出しても医者がわからないから、画像にしているんですよ。

銀行も同じです。私は生まれも育ちも鎌倉ですが、地元の銀行で本人確認を求められたことがある。「身分を証明するものはありませんか」と聞かれますが、運転をしないから運転免許証は持っていないし、病院に来たわけではないから健康保険証を持っているはずもない。銀行員は「わかっているんですけどね」と言う。見ればわかる本人に聞くのだから、銀行は身分証明が必要なのであって、本人が必要なわけではないんですな。

マイナンバーも然り。みなさん、あの十二桁《けた》の番号は、「自分に付いているもの」だと思っているでしょう。そうじゃない。情報に置き換えられた、みなさん自身ですよ。

そうすると、じゃあ人間そのものってなんなのかと思うでしょう。ずばり、あなたの現物は「ノイズ」なんです。本人がノイズになる世界で、人間がいらなくなるのは当たり前なんです。だからみなさん、「ああ、私はノイズなんだ」と思っておけばいい。コンピュータ中心の世界って、そういうものなんです。つまり、「あんたはいらない」。

それがわかっているから、コンピュータが人に置き換わるなんていう心配をするんですね。コンピュータ自身が自分より有能なコンピュータをつくって、人間がどんどんいなくなっていく。コンピュータが人間の能力を超える技術的特異点を「シンギュラリティ」と言うんですが、実のところ、何がいいか悪いかなんて、コンピュータにわかるわけがないんです。

時々、「そんな世界になったらどうすればいいんですか?」と聞かれるから、「そんなもの、コンセント抜けばいいでしょう」と答える。すると、「でも先生、自分で電源を入れるコンピュータが現れます」とくる。何を馬鹿なこと考えてるんだって思いませんか。だったら、そういうコンピュータをつくることは犯罪だと決めておけばいい。違いますか?

東京は消滅する？

日本の社会状況が今の状態で推移していくと、人が減って、日本はいずれ消滅する計算になります。そんなこと起こらないと思うでしょう。でも、現に滅びつつあるんです。

東京や京都、大阪や広島のような大都市は、年齢別の人口比を見ると、二十年ほど前の鳥取に近い。そういうデータを見ると、都市化はヒトを増えなくすると考えざるを得ないですな。東京はブラックホールみたいなもので、そこに若者をたくさん集めて増えなくしている。

ひとりでにどんどん人口が減っていくということは、この世界は維持する価値がないとみんなが言っているようなもので、異常ですよ。どうして減っているのか考えてみれば、答えはいくつも出てくるでしょう。ひとつには、結婚しないために子どもが増えない、いわゆる少子化があります。

経済関係の人はこう考えます。景気がよくないので結婚しない、それで少子化が起こっているって。でも、明らかにそれだけじゃないですよ。貧乏で結婚できなくて子どもをつくれないんだったら、落語に出てくる、江戸時代の貧乏で子沢山の長屋話なんかありえないでしょう。そう思いませんか。

子どもが増えないのは、根本的には都市化と関連しているからだと、私は思います。都市は意識の世界であり、意識は不確定要素の多い自然を嫌います。つまり人工的な世界は、まさに不自然な世界なんですよ。ところが子どもは自然でしょう。思うようにならない。予定通りにいかない。設計図もない。欠陥品だからといって取り替えるわけにもいかない。そういう存在を「意識」は嫌うんですよ。意識の世界というのは、すべてが「ああすれば、こうなる」というアルゴリズムで動かなければいけないから。

でも、子どもってそうはいかないでしょう。自然そのものなんだから。苦労して育ててみても、どんな大人になるかわからないじゃないですか。うまくいけばタレントになってくれるかもしれないし、犯罪者になってしまうかもしれない。そんな危ないもの、関わらないほうが無難じゃないですか。

そういう考え方をしたら、そりゃ子どもは減るに決まってますよ。そんな危ないもの誰がつくるかって。猫のほうが気が楽でしょ。子どもほど大変じゃないから。むしろ、子どもの代わりになっていますよね、今は。人間の子どもはちょっと重たいから、猫のほうが無責任でいいってことになるんでしょう。

少子化は、人々が自然に対峙《たいじ》する方法を忘れてしまったことに根本の原因があるんじゃないですかね。私はそう思う。なぜ忘れたか。意味で満たされた、意識の世界に住み着いているからですよ。

だから、都会の人は一年のうち最低三ヶ月は田舎に行けというのが私のかねてからの持論です。たとえば、会社なんかで申し合わせて順番に休みを取ったらいいんです。いわば、現代版の参勤交代ですよ。そして、田んぼでも畑でも、虫捕りでもいいからやりなさいと。都会の生活というのは、頭で考えることばかりでしょう。もっと身体を使うことを覚えたほうがいいんですよ。

うちの周りには自然が多いんだけれど、以前は、日本はどこでも自然があふれていました。それを、一生懸命ぶっ壊したんです。人間がやたらに増えたから、ビルやマンションをつくってね。それで近所付き合いをなくしたり。おかしな方向に進んで来ちゃったんですよ。

だから、いつかまた戻るんじゃないですか。自然が嫌だっていう人は少ないでしょう。会社の社長さんなんか、お金持ちになったら山に行ったりゴルフに行ったりしているでしょう。だったら若いうちから行けばいいんです。

そう言うと、「したいけどできない」って反論する人が多いでしょう。それはおかしいんですよ。あんた、なんのために生きているのかって話でしょう。それは逆転させなきゃいけないんです。

もうひとつ社会問題になっているものに、高齢化もありますね。でも、これはさほど問題ではないと私は考えています。今、高齢化が進んでいるのは、なんのことはない、みんなが歳をとっただけ。あと三十年もすれば、年配者の数も減ってしまうでしょう。地域別に見るとすごいですよ。地方によっては、七十代以上のお年寄りしかいない田舎もありますからね。

たとえば、そういうお年寄りがほとんど死んでしまった田舎に、子どもが何人かいる夫婦が数世帯移住するとどうなると思います？　年齢別の人口構成のバランスが正常になるんです。

老人が増えて福祉が大変なんていうけれど、そんなもの放っておけばいいじゃないですか。限界集落で何がいけない。

お年寄りがほぼいなくなった地域に、みんなどんどん行けばいいんです。若い人にとっては、新しいスタートの地になりますよ。開拓時代のアメリカ西部みたいで、夢と希望にあふれています。

岡山県には限界集落が千四百以上もあると言われています。将来有望ですよ。都会であくせく働いて、「食べていけない」なんて言っているくらいなら、岡山に行きなさい。私の知り合いも家をタダで借りています。

島根もいい。津和野《つわの》なんか絶対いいですよ。二〇四〇年にはあそこは消滅しているだろうから、環境も家もガラガラ。柿木村《かきのきむら》（現吉賀町《よしかちょう》）というところには、日本一の清流もある。そういうところを探して生活すればいい。田舎で暮らして、時々街に行ったりしたらいいんじゃないですか。

いずれ、人がもっともっと減った段階で、人と人の関係が再構築されていくんでしょうね。社会が新しくなっていってまた人が増えだすだろうと思っていますけどね、今の意識のままとはいかないはずです。

明治維新のように突如大きくひっくり返ったりはしないでしょうが、世の中、変わっていきますよ。それを混迷ととらえるんじゃなく、いい転機ととらえるべきでしょうね。

腹にバイ菌、手すりに除菌

ところで、みなさん、ＤＮＡの実物を見たことがありますか。おそらく、ほとんどの人は見たことがないでしょう。せいぜい教科書の二重螺旋《にじゅうらせん》モデルくらいですかね。極端に言えば、言葉として知っているだけ。

最近よく耳にする「生物多様性」もそう。これは、簡単に説明すると、「バイオロジカル（生物学的）」と「ダイバーシティ（多様性）」をくっつけた造語。「バイオロジカル・ダイバーシティ（生物学的多様性）」では、長いしわかりにくいので「バイオダイバーシティ（生物多様性）」になったんです。

内閣府がこの生物多様性について意識調査をしたら、八割以上が「よくわからない」という結果だったそうです。これは素直な答えですね。おそらく多くの人は、単に言葉としてとらえているだけなんだと思います。

全ての生物はDNAという遺伝子情報に基づいています。これはみなさんご存じでしょう。いわば、生物の基盤です。だから、生物のことを突き詰めていくと、結局はみなDNAにたどり着いてしまう。つまり、ぜんぜん多様ではない。

生物多様性というのは、本当は「眼」の話なんです。鹿でも狸《たぬき》でも、カブトムシでもゾウムシでも、もちろん猫も、自分の眼で見て、いろいろな生き物がいるよなあと実感するのが生物多様性だと私は思います。そういう実感のない人にとっては、単なる言葉でしかない。DNAの理解と一緒です。

だから私は、「多様性っていうのは感覚であって、言葉じゃないんだ」といつも言っています。たとえば、アメリカは「人種のるつぼ」と言われますよね。ほんとうは、るつぼじゃなくてモザイク。イタリア人、ユダヤ人、東洋人、アフリカ系、というふうに、見ると細かく分かれている。それが多様性ですよ。人種のるつぼだというのは嘘だって、ニューヨークの人自身が書いているのを読んだこともありますよ。

何年か前に東京駅でエスカレーターに乗った時、手すりベルトのところに何か書いてあったんです。ふと見たら「除菌」ですって。現代人は自分が生き物と一緒に暮らしているなんて思いもしないんでしょうかね。誰の身体の中にも体内細菌がいるんです。私の学生時代は、その数一億といわれていましたが、今は百兆いるとか。だから、その「除菌」を見た時に、「腹の中に一兆もバイ菌を持ってるくせに、何が除菌だ」って笑いましたよ。

最近は歯医者さんでも、モニターにつながった顕微鏡があるから、機会があったら、自分の口の中の唾液をちょっと見せてもらうといい。繊毛《せんもう》のある細菌が元気に泳いでいますから。「微生物学の父」とも言われる十七世紀の博物学者、レーウェンフック（アントニ・ファン・レーウェンフック）だって、顕微鏡で自分の口の中を調べてびっくりしているんです、「生き物がいた！」って。

まあ、たいていの人は顕微鏡を覗く機会なんてそうそうありませんから、生物多様性を実感するには、外へ出るのがいちばんでしょう。虫でも動物でも植物でもいい、いろいろ見ることです。

ある時、四国の田舎に行きました。八十歳のおじいさんが、裏山で前日に採取した幼木《ようぼく》をタライに並べてあったんですが、何種類あったと思います？　四十一種類ですよ。

鎌倉だって、いろんな木がある。転がっている朽《く》ちた木の皮をはぐと、必ずいろいろな昆虫の卵があったり、幼虫がいる。そういうところで虫は冬を越しているんです。皮をはぐと必ずいるというより、私の場合、見つけるまではぐんですけどね。

家の周りには、リスもいればハクビシンもいる。台湾リスはやたら増えてしょうがないんだけど、庭にくるので餌付《えづ》けしていてね、手からエサをとるようにしたんです。エサを置くとどこからともなく、あっという間にくるんです。

政治家なんて、そういう外の世界を全然見ずに、生物多様性という言葉を使うでしょう。だめですよ、そんなの。

だいたい、世の中みんな同じだと思っているから、多様だって言いたくなるんじゃないですかね。その昔、「人生いろいろ」って言った総理大臣がいたでしょう。あれを聞いて、「いろいろに決まっているだろ、同じ人生送っているやつがいるか」って思いましたね。

毎日山の中を歩いていたら、そんなこと言いませんよ。

個性を伸ばせとおっしゃいますが……

ゆとり教育の名の下、「個性を伸ばす」もしくは「個性を尊重する」ことを重視する教育が行われ始めてから、ずいぶんと時間が経ちます。ゆとり教育自体は失敗に終わってしまいましたが、思えば戦後から、「個性」の連呼が始まったように思います。個性とはいったいなんでしょうかね。

私たちは眠っている間、意識を失い、目覚めるとまた意識が戻る。その時、なぜ自分が自分であると認識できるのでしょうか。それは、意識が「私は同じ私である」と認識させるからです。しかし、人は変わるものです。

たとえば、人体の細胞分子は七年でほぼ全てが新しくなると言われています。私なんぞもう八十歳ですから、十一回ちょっと新しくなっている。そんなことを言われても、たいていの人は「でも根本的な部分は変わらない」と考えているのではないですか。根本が変わったら私が私でなくなると思っているのではないでしょうか。

しかし、私が私でなくなっている人なんて、いくらでもいるでしょう。結婚する前と後で意見が変わってしまう、出産前後でものの考え方が変化した、思い当たることはいろいろあると思います。つまり、自分というものは、いつも変わり続けているとも言えるでしょう。

ところが意識は、いつまでも同じ「私」を継続させようとします。実際には変わっている「私」がいる一方で、ずっと変わらない「私」もいる。では、変わらない「私」とは何か。それはつまり、情報です。

生年月日、身長体重、家族構成、学歴など、誰もが自分に関する情報を持っていますよね。情報というものは不変です。だからいつだって、私は私であると認識するわけです。

朝目覚めた時に、なぜ自分を自分と認識できるのかということを、今一度考えてください。目覚めと同時に意識は「私」という情報を出してきます。もしその情報がなかったらどうなるか。「私は誰? ここはどこ?」という状況になってしまうでしょう。だから、誰もが「私」という情報を保存し続けているんです。

「私は私」と思っているということは、「私は情報である」と思っていることと同じです。情報化社会というのは、IT技術の進歩した社会だと思っている人が多いでしょう。とんでもない。人間が自分を情報だと思う社会が情報化社会です。

自分が情報だと思うということは、自分が変わらないということです。情報というのは不変ですからね。それでいちばん困るのは教育ではないでしょうか。だって、人間が変わらないんですからね。何かを知るということは、知識が増えるということではなく、実は、自分が変わるということです。ところが、そんなふうに考えている人はいないでしょう。

今時の親なら、学校に子どもを預けたら変わって帰ってくるなんて思いもしない。変わるとわかったとしても、子どもが変わってしまうような危ない所に行かせられるかと大騒ぎするでしょうね。子どもも子どもで「変わらない私」を個性だと思い込んでいます。

では、その個性とは一体なんでしょうか。私にすれば、そんなものはハッキリしています。人を見れば、みな違う顔、違う身体つきをしているでしょう。血液型だってそうです。それはまぎれもない個性ではないですか。ところが、多くの人が、個性とは心だと思っている。心が生み出す、人と違った考え方や行動を個性だと勘違いしています。つまり、意識にこそ個性があると信じている。私だけの思い、私だけの記憶なんて言いますが、そうしたものは他人にとっては意味のないものです。

心や頭に個性があったらどうなると思いますか。私は医師免許取得後に精神病院に勤務したことがあります。その時に、心の個性というものがしみじみわかりました。病室の白い壁に自分の便で名前を書く患者がいたんです。これが心の個性ですよ。印象的でしたね。どうしてそういう行動をするのか考えましたが、結局わかりませんでした。わからなくて当然ですね。もし理解できていたら、患者が一人増えることになってしまいます。

数学で「これは自分だけの正解」などと言う人もいないでしょう。誰にとっても、正解というものは同じです。みんなが笑っている時に一人だけ泣いている友達がいたら「どうしたの？」と声をかけますよね。きちんとした理由なら心配や同情もできますが、おかしな答えが返ってきたら、一度病院へ行きなさいよと思うでしょう。

つまり、感情というものも一致しなければ意味がありません。友の憂いを共に憂い、友の喜びを共に喜ぶのが友情というものです。自分だけの感情というものは、対人関係においては無意味です。理屈だってそうです。自分だけの理屈というものには意味がない。つまり、心というものは共通でないと意味がないのです。共通とは同じであることで、個性とは同じものがないということです。

とすれば、個性とは心ではなく、やはり身体でしょう。誰もが最初から持っているものです。どのくらいはっきりしたものかというと、たとえば火傷《やけど》の治療で親から子へ皮膚の移植をした場合、親の皮膚は受け付けられず三日ほどで黒くなって剝《は》がれ落《お》ちてしまいます。子どもの身体が、自分の皮膚ではないことを知っているからです。心臓移植もそうです。単に移植しただけでは拒絶反応が出るため、免疫抑制が必要になります。

日本の伝統芸能で、個性というものを考えてみましょう。私の東大時代の同僚に、免疫学の権威である多田富雄《ただとみお》先生がおりました。彼は能が好きで、高校生の頃から鼓《つづみ》を習っていました。たいていは、師匠《ししょう》の前で鼓を打つと、一言「だめ」と言われたそうです。そういう繰り返しが続き、一、二年した頃に突然「よし」と言われるそうです。それで、次の段階へ進める。この話の意味することがわかりますか。つまり、三日や四日でそっくり真似できるようなことは、個性でもなんでもないということ。十年、二十年と師匠のやる通りにやっていくと、どうしても折り合わない部分が出てきます。それを個性と呼ぶのではないでしょうか。

夫婦もそうではないですか。何十年一緒に暮らそうが、折り合わないところはあるでしょう。それが、夫婦それぞれの個性です。では、折り合っている部分をなんと呼ぶか。それが心ですよ。

ある時、私ら夫婦は検診を受けに連れ立って病院へ行ったことがあります。私は病院嫌いですから、正確に言えば「連れて行かれた」ということになりますが。午前十時くらいに検査が始まり、全て済んだら午後一時を過ぎていました。数時間ぶりに顔を合わせて、私たち夫婦はなんて言ったと思いますか。二人口を揃《そろ》えて「あ～疲れた」ですよ。次いで出たセリフも、「やっぱり病院というところは丈夫じゃないと来られない」と全く同じ。長年夫婦として過ごしているから、こんなふうに通じているんですね。それが心というものですよ。

「人の心がわかる心を教養という」、これは大学時代の恩師の忘れがたい言葉です。ものをどれだけ知っているかではなく、人の気持ちが理解できることのほうが大切だということです。最近はむやみに「個性を伸ばせ」などと言いますが、こういう教養がおろそかになっているのではないでしょうか。むしろ、人のことがわからないほうがいいと思っているフシがある。

心に個性があると思い込んで「個性を伸ばせ」などと言っているから無茶苦茶になってしまうんです。個性というのは最初に与えられた身体です。イチローのように打ってみろ、大谷翔平のように二刀流をやってみろと言われても、普通の人はマネできないでしょう。なぜできないか。それが個性だからですよ。では、どの程度までマネできるのか。先ほど言いましたね、十年、二十年と師匠のマネをして折り合わないのが個性だと。そのくらいの時間をかけなければ、個性なんて見えてこないものなんです。

そう考えると、個性が大切だなんて一生懸命言ってみても仕方がないでしょう。まず、身体が個性であるという認識を正しく持つべきです。小学校の運動会でみんなが並んでゴールするなんていう愚かしいことをする必要はないんです。身体が違えば走る速さが違うのも当たり前。それは認めるべきなんです。

私は長年、解剖に携わってきたから身体が個性だということは嫌という程わかっている。実際、一人一人ぜんぶ違っています。ところが、医学部の学生の中には「先生、この遺体は間違っています」なんて言う者もいるんですな。どこが間違っているのかと聞けば、「教科書に載っているのと違う」と。遺体のほうが間違っていると考えてしまうんです。今時の医者にはお気をつけください。病院で診てもらったら「あなた、間違っている」と言われかねませんよ。

脳みそを変える

意識というのは、頭の中の世界のことです。それを変えてくれるのは、感覚を通して入ってくる「外の世界」しかない。勉強でも仕事でも、悩んだら、ちょっと家の外をぐるっと回ってきたりするでしょう。それですよ。外から入ってくる感覚が、頭をリフレッシュしてくれる。

たとえばどこかに行った時、人はその場所に何があったかを全ては覚えていません。意識で世界をとらえると、特定のものに集中してしまうんです。意識というのはスポットライトみたいなものですね。だから、光が当たっているところ以外は見えなくなってしまう。

そこでカメラアイのように何も考えずに見たものが感覚を通してポンと全部入ってくることも重要なんです。そのレベルまでいけとは言わないけれど、それに近い状況にまで頭を戻すことがあったほうがいいんじゃないですかね。これは、健康法の一つですよ。

意識を変えるには、違う世界に生きればいいんです。どうしたらいいか。みなさん頭で考えてしまうでしょう。その段階ですでに、意識の穴に落ちているんです。要は、心をひらけばいいんです。感覚を通して入ってくる、いろいろなものを素直に受け入れたらいい。

まるなんか、すごく参考になりますよ。寝ている時、完全に意識がないかというとそんなことはなくて、何かあったらパッと起きる。瞑想《めいそう》に近い状態なんじゃないですかね。

感覚のことは、頭で考えないほうがいいんです。「どうしたらいいか?」って、聞いちゃだめ。それをやっているうちは、意識の中で生きている。変えてくれるのは「外の世界」なんです。だからトランプだって別荘に行く。そういうことです。

感覚を鍛《きた》えることの重要性は、実は「脳みそを変える」ということなんです。外の世界と脳みそが関わり合うのは、感覚を通してだけです。感覚から入ってくるもので脳は変わっていくんです。それを環境という。だから、「孟母《もうぼ》三遷《さんせん》」なんですね。置かれた環境で子どもは変わっていく。

旅行に出かけて味の好みが変わったなんてことはありませんか。たしか四十代の頃だったか、初めて夏のパリに行ったんですね。あちこち歩き回って汗もかいていたから、喉が渇いて仕方がなかった。そういう場合、日本にいる時ならアイスコーヒーを飲んでいたので、パリでもアイスコーヒーを頼もうと考えたら、すごく不味い感じがして、「あんなもの飲めるか」って思いました。それで、何が飲みたくなったかというと、コカ・コーラ。日本にいる時は、全く飲まないのにですよ。別の環境にいることで、自分自身が変わってしまったんですな。

脳は、非常に適応性が高い。だから、変わるんです。でも、人間はそれに気づいていない。感覚を通して変わっても、自分が変わったとは思っていないんです。それは意識が騙《だま》しているんですね。「私は私でしょ」「昨日の私と今日の私は同じ」なんて、意識は言い続けるものなんです。

変わるということは、前の自分が死んで新しい自分になるということです。でも、誰だって死ぬのは嫌でしょう。だから変化を意識しないんですよ。だからこそ、なんとかして感覚をひらいていただきたい。脳みそって変わってしまうものなんだということを、まずは考えてほしいですね。

自分が変わると世界が違って見えますから、退屈しませんよ。よく若い人たちが「退屈だ」とボヤいているのは、自分が変わっていないから。それでいつも世界が同じに見えているんです。人生は一回しかないんだから、「何回も生きてみよう」

というふうにしたらいいじゃないですか。そういう時に、変えてくれるのは感覚です。外から入れなきゃだめ、頭の中だけでは、なかなか変われない。

もちろん、外の世界に頼らず自力で脳を変えている人たちもいます。数学者や哲学者ですね。あの人たちは、「うるさい！」といって外の世界からの感覚を遮断して、頭の中だけで一生懸命脳みそを変えているんです。だから、アルキメデスなんか、「わかった！」という瞬間に、風呂から飛び出して裸で街を走ってしまった。そういう脳の変え方もできるんですな。

とかく、現代社会は周りの環境を同じにして、感覚を働かせないようにつくられています。オフィスビルの中なんて朝から晩まで同じでしょう。同じ気温で、同じ明るさ、雨も降らなければ、風も吹かない。そういう状況で暮らそうとするんですよ、現代人は。それが快適だ、合理的だって言うんだけれど、私はそれを信じません。

山の中でも歩いてごらんなさい。地面はでこぼこで、木の根や草があり、虫がいる。風が吹き、雨が降ればぬかるむ。小鳥や木々のざわめきなど、様々な音がし、様々なにおいもする。都市での生活は、こういう感覚を遮断しているんです。

そのような環境では、自分を非常に変えにくくなるでしょう。常に世界が同じなわけですから。私は、そういうのは楽しくないだろうなと思いますね。むしろストレスですな。頭の外に出るべきなんです。

みんな〇・二ミリの卵

自分の一番最初の状態って、どんなものだと思いますか。人類の歴史をさかのぼれということではありません。あなたが、お母さんの胎内に宿った時、つまり、この世に「発生」した時のことを聞いているんですね。

最初は、受精卵です。これは、直径〇・二ミリの卵です。うちのまるだって〇・二ミリの卵だった。私もそう。自分の始まりって、みんな卵なんです。それが二十歳くらいになると、体重が数十キロ、数十兆の細胞を持つ成体になります。頭の中には脳みそがあって、そこには意識がある。そして、ああでもないこうでもないと考えている。

直径〇・二ミリが何十年か経つと、どうして今のみなさんになるか、説明できますか。わからないですね。私は大学院生の時、「発生学」で学位論文を書きました。発生学というのは、「胚《はい》」の発生について研究する学問。受精卵が細胞分裂してできるのが胚です。そこから身体がどんどん出来あがっていくんです。

大学院での研究ですから、もちろん、もっと高度なものでしたけどね。とにかく、それで論文を書いた。で、その後も発生学の研究を続けたかというと、実はやめてしまった。なぜか。わかるわけがないと思ったからです。

乱暴な言い方かもしれませんが、卵がなんで親になるのかと言われたって、そうなるものは仕方がないじゃないですか。そうならなければ、私もあなたも、この世にいないわけですから。そうじゃありませんか。

その後も解剖学を専攻したわけですが、人体って、わけがわからないというところが、やはりいちばん面白いんです。医者というのは、人の身体について「これが何で、あれが何で」って言いますが、実のところ、どれくらい明確にわかっているんでしょうかね。

私にしてみたら、本当に、人体くらいわからないものはありません。なんでこうなっているんだろうと思っても、そうなっているものはしょうがないだろうとしか思えないことも多い。

身体の構造って非常に複雑なものです。だから、昔のヨーロッパでは人体を「小宇宙」と言った。今の人は「小宇宙」という感覚を持っていないんじゃないですかね。それこそ、医者に行けば、身体のことが全てわかると思い込んでいませんか。検査をして、血糖値が高いとかコレステロール値がどうだとか。そんなのぜんぜん関係ないですよ。そもそも、自分の身体をどうやって動かしているかということだって、わかっていない人が九割九分じゃないですかね。

今の人たちは、何でもすぐに説明してもらおうとするでしょう。「どうしてですか？　どうしたらいいですか？」って。聞かれるたびに「バカ！」って叱るんです。「そんなことは自分で考えろ！」って。そういう、何でも説明を求めたがる傾向って、メディアでとくに強いと思いますね。

　たとえば、殺人事件が起こったとする。報じる側も見る側も、どうしてこうなっただのなんだのとあれこれ言うでしょう。でも本当のところは、わからない。異常なものであればあるほど理解不能でしょう。もし、わかったら私もあなたも異常な殺人犯ですよ。だから、つべこべ言うのは無意味なんです。理屈は後付けなんですから。「わかるわけないでしょう」で終わればいいのに、わかったような気になって、なんでも説明しようとする。そういうの、うるさいと思いませんか。非常識だと思いませんか。

　私は解釈をあまり信用しません。「そうも考えられるよね」というところでおしまいにします。文学作品にもあるでしょう。「藪《やぶ》の中《なか》」や「羅生門《らしょうもん》」。事件はひとつでも、解釈は三つも四つもある。それが困るから、神様という存在があるんです。現実はひとつであることを、神様が保証する。なぜかというと、地球上に六十億の人がいたら、その六十億人が知っていること、見ていることは全部ばらばらですから、唯一起こったことというのは、実は誰も知らないことになる。だから、「全てを知っている神様」を事実と呼ぶ。これを唯一客観的事実というんですが、それがあると思っているのは一神教の信者です。

私は新聞をほとんど見ないけれど、見出しくらいは目を通します。そうすると伝える側が何を考えているかだいたい想像がつく。以前、自分の誕生日の昭和十二年十一月十一日の新聞を見たことがあります。トップニュースは盧溝橋事件《ろこうきょうじけん》。表も裏も全部中国での戦闘の記事で埋まっていて、日常的な事件は何もない。それを読んだ時に、なるほどと思いましたね。これこそが戦後に言われた「軍国主義」の真の姿だなと。中国の戦闘より重要なものはないということが、メタメッセージになっているんです。

　メタメッセージというのは、伝えるべき本来の意味を超えて、別の意味が伝わってしまうことです。たとえば、テレビで交通事故の報道をいくつか流すと、視聴者は「事故が増えている」という印象を持つようになる。それと同じで、中国での戦闘記事をいくつも載せることで、読者に「戦争こそが最重要」と印象付けたわけです。おそらく、国内のどこかで火事だって強盗だって起こっていたでしょう。でも「それがどうした」ということだったんでしょうな。

　今のメディアも変わりないと思いませんか。おかしいと気づいている人も多いんじゃないですか。時々怒りたくなりますよ。たった〇・二ミリの卵がどうしてこうなるのかも説明できない、自分のこともわからないくせに、世の中のことがわかったような気になるんじゃないって。「ふざけるんじゃない、〇・二ミリに戻って考えろ」って言いたくなりますよ。

役立たずでいいじゃない

普通、仕事というのは、お金になるもののことを言いますよね。そうすると、私のやっているゾウムシの研究は、仕事ではないということになります。では、なんと呼べばいいのか。「趣味」と言ってしまうと、遊んでいるような感じになってしまいますし、どうなんでしょうかね。

まあ、世の中にはいろいろな約束事があって、何かを収集するというのは博物館の仕事です。つまり、給料の出るプロの仕事ですね。私は虫のことで給料をもらったことはありません。だから、気楽なものです。だってそうでしょう。お金をもらうとしたら、それなりに努力して成果を出さなければいけない。人様のお役にも立たなければいけません。

昔はね、そうでもなかったんです。基礎的な学問や研究というのは、役に立たなくてもいいとされていた。でも、今はやかましいんですよ。税金を使うもんだから、公立校なんか特に言われる。それは役に立つのかって。私なんか、初めからお金をもらわないことにしていました。研究費は自分で稼げばいいだろうって。じゃあ、それでできなくなることは、どうするか。簡単です。やらなければいい。

研究費をもらうために文科省に提出する書類にも「有用性」について記入する欄があったんです。この有用性という言葉、言いかえれば「意味があるもの」ということですよね。今の社会は、「ああすれば、こうなる」ということで占められています。何かをする前から、結果がわかっていなければいけない。しかも、なんでも言葉で説明しようとします。

ちょっと、自分の働いている会社の中のことを考えてみてください。どうです?

意味のないもの、つまり有用じゃないものって置いてありますか。

花が飾ってあったとします。それだって「観賞用」という意味を持たせて、「癒しになる」なんて言っているでしょう。そんなふうに、とにかくなんらかの役に立つ、仕事に有用なもので満たされているじゃないですか。これは会社に限りません。我々の住んでいる世界は、すべてのものに意味がなくてはいけない世界なんです。

これは、裏返せば意味のないものは存在を許されない、片付けられてしまうということです。道端に生えている草を「雑草」と言いますよね。誰が植えたわけでもない、勝手に生えてきたものです。そこにあっても意味がないし、なんの役にも立たない。だったら、そういうものは抜いていいとなる。抜いていいどころじゃなくて、なくそうとするでしょう。

それと同じ理屈の事件が二〇一六年に起こりました。相模原《さがみはら》の障害者施設で入所者が十九人も殺害された。あの犯人は、「人の世話になるだけで役に立たない人間の人生になんの意味があるんだ」というのが動機になっていた。もっというと、あの事件は、みんながやっている自分の生活の裏返しというか、意味のないものは必要ないという考えそのものなんです。異常な人って、すごく先鋭的に世の中を反映しているんですよね。それがわかっていても、みんな嫌だから、そういう点には触れません。そう考えると、ものすごい事件だと思いませんか。

世界は実は役に立たないもので満ちているんですよ。現代社会はそれをすっかり忘れさせてしまうんです。

学校は近代生活の基みたいなところで、教室の中に無意味なものはないし、ゴキブリも出ません。とても不健康だと思いませんか。私はそう思うし、そんなところで何時間も子どもを育てていいのかとさえ感じます。

昔は、学校の外に出たら無意味なものが山のようにあった。だから、そういうものがない聖域として、学校をつくったという理屈はよくわかります。ところが今は、学校の内も外も同じでしょう。意味のある役に立つもので満たされていて、無意味なものの存在は排除される。そんな環境にいたら、子どもだっておかしくなってしまうでしょう。だから、その反動として、「森のようちえん」やフリースクールなんかが出てきたんじゃないでしょうか。

まったく、校庭なんか舗装して何を考えているんでしょうね。あんなもの、土でいいでしょう。掘りかえしてミミズでも出てくれば楽しいし、モグラだったらもっといい。まるだって、舗装された校庭なんか歩きたくないって言いますよ。

SNSもそうじゃないですか。生身の人間とつきあうより、意味を通したつながりのほうがいいってことでしょう。だから、世界はものすごく清潔で狭くなってしまった。当然虫なんかいないほうがいいんですね。

ハエ一匹ゴキブリ一匹出てこない環境は、異常で不健康な世界なんだって気がつかないといけません。有用性のあるものが偉いなんて考えは捨てるべきですよ。

自分なんてナビの矢印

　自分では気がつかないものですが、人は案外場所をとっているんです。抽象的な意味でね。世界の中にでもその人の知り合いの中にでも、ある場所をとっている。だから、親しい人が死ぬと心にぽっかり穴があいた気がするって表現するでしょう。まさにそうなんです。その場所をとっているものが、消えちゃうからなんですね。もちろんその場所は、いい場所だったり悪い場所だったりいろいろだろうけれど、ともかくぽっかり穴があく。だから、いろいろと周りからもので埋めたり、新しいもので埋めたりするんですよ。ペットロスもそう。だから「埋める」という言い方をする。

みなさんには、それぞれ世界があって、それは頭の中にあるわけでしょう。そういうふうに想像することもできる。それは、まさに時間まで含めた四次元なんですよね。そして自分というのは、その空間の中のナビの矢印なんです。

わかりにくいですか。たいていの人は自分というのは、中身があると思っているからですな。たぶんそれは錯覚です。自分なんて動物でもありますよ。そうでしょう。なぜあるかというと、動物は帰ってくるからです。

動物には帰巣本能があるでしょう。なぜ帰ることができるかというと、今言ったような地図があって、その中に現在地を示す矢印があるからです。だからナビができるんですよ。現在地を示す矢印がないと、地図は使えないんです。

我々は頭の中にナビの矢印を持っている。だからそれを地図に乗せると、矢印は自分でしょう。そうじゃないですか。普通はそういうふうに考えないかなあ。

つまり、言いたいのは、自分というのはたかだかナビの矢印程度のものなんだということです。だけどこれがないと困る。どっちに行ったらいいかわからなくなる。現に脳に故障を起こした人で、ナビの矢印の部分が壊れたケースがあります。矢印の部分が壊れたらどうなると思います？　地図全体が自分になるんですよ。本当になるんだ。それを世界との一体化、宇宙との一体化という。

世界の中に矢印を置くからその中で行動ができるわけでしょう。でも脳が故障するとその矢印が消えてしまう。でも矢印が消えても地図は残ります。だから地図全体が自分になるんです。これは非常に気持ちがいいんですね。法悦《ほうえつ》というか、まさに宗教体験ですよ。日本人にはあまりないんですが。

フロイトが人間の一番最初の記憶について書いていますね。たとえば人に「一番最初の記憶はなんですか？」と訊《たず》ねると、典型的な答えとして、お母さんの足につかまっていて、台所には天窓があって、外が見えた。そして外を見ているのはほかでもないこの自分自身だと気づいた途端、幸福感に満たされた、というようなものがあります。あるいは、初めてお使いに行って自動販売機にお金を入れた。その時、お金を入れているのは他でもない私だとはっとしたとか、小さい時にハイハイしかできなくて地面を見ていたが、見ているのは他の誰でもないこの私だと気がついたら非常に幸福だったという答えもあります。その時におそらく、ナビの矢印が明確にできたんじゃないですかね。それ以上のものではないと私は思いますよ。

まるにもナビはあるでしょう。だってないと困るでしょう。世界はわかっているけど俺はどこにいるんだって。たぶん動物の頭の中にある地図はテリトリーというものでしょうね。その中に自分という矢印がついている。猫の場合は、矢印はたぶんヒゲの先や耳の先まで含まれているでしょうね。猫は耳がきくし、猫のヒゲを切ってはいけないというのは、ヒゲを切ると自分の範囲がわからなくなってしまうからです。そう思うと猫の顔って人が考えているよりは大きいと思う。耳の先とヒゲの先を含んだ立体が、まるが思っている、まるの顔なんでしょうな。

病院には行きません

まるは子どもの時からマヨネーズに目がない。娘は「身体に悪い」って心配するんですが、そんなこと心配したってしょうがない。動物って、どんなものでも調整できなかったら、何億年も生きて来られなかったはずです。そうでしょう。食べているものが身体に良くない時は、身体が「やめろ」っていうものです。中毒の記憶がしっかり残っているんです。

はっきり言って、今の人はバカだと思いますよ。だって身体のことを頭で心配しているんですから。どちらが信用できると思いますか。身体は何億年か生き延びてきていますが、「イコール」がわかるような脳みそなんか、たかだか出来て二十万年ですよ。受精卵の時はたったの〇・二ミリだった卵が、どうして自分たちみたいになるのかもわからないくせに、なんで身体にいいの悪いのわかるんですかね。

いい悪いと言っているのは、現代の生活が前提になっているからでしょう。だから山の中に入って昔の人のような生活をしたら、今の食べ物が合うかというとたぶん合わないでしょうね。わかるじゃないですか、そんなこと。

だから、猫だって自分で調整してもらうしかないんです。中毒を起こすようなら食べないだろうしね。そういう意味での安心感、自分の身体に対する信頼感ってどんどんなくなってきている。脳みそと身体、どっちを信頼するかといったら、私は脳みそは信用しませんな。

私はタバコをむやみに吸うし、その一本一本が、棺桶《かんおけ》の釘《くぎ》なんだってことは理解していますし。だから、タバコが原因で起こるであろう結果は受け入れますよ。身体の具合が悪くなれば、いずれ警告が来るでしょう。

今の医療は、血圧が高いから下げようみたいな「数値を標準に戻す」診療でしょう。「なぜ血圧が高いのか」は問わない。私は「そうする必要があって身体が血圧を上げてるんだから、薬で下げるなんて必要ない。身体の声を聞けばいいだろう」というのが昔からの口癖です。

歯医者で歯を抜いても、痛み止めや抗生物質は飲みませんね。痛みも生きてる証拠だから。いっさい気にしてないから、丈夫なんでしょう。「ガンになったら」なんてことも考えません。それが手遅れならば仕方がないと、素直に諦《あきら》めます。

五十代の頃にX線を撮ったら影が出たことがありました。それで、CTも撮らされましてね。でも自分では、おそらく昔の結核のあとだろうと判断して、それきり検査はしないで放っています。

今は、二人に一人がガンの時代と言われていますが、別にガンが増えたわけじゃない。年寄りが増えたんです。長生きしたら老化が進むでしょう。そうすると、免疫力が落ちる。

知ってますか。ガン細胞って誰にでもあって、日々、身体が処理しているんですよ。それをやっているのが免疫です。ガン細胞というのは、いわば異物です。免疫は体内にある異物を排除しようとするんです。

極端なことを言うと、身体の中では、毎日毎日ガン細胞が出来ては片付けられている。ガン細胞は、そうやって殺されているんです。だから、免疫力が弱ってくるとガンが発症しやすくなる。つまり、片付けている網の目をすり抜けるやつがいて、それが成長する。時々突然治ってしまう人がいますけれど、それは免疫が異物と判断して処理をするからです。

放射線治療で、なぜガンが治るかわかりますか。放射線があたるとガン細胞が壊れる。そうすると、免疫が異物だとはっきり認識するようになるからです。だから、試験管の中ではガン細胞に放射線をあててもほとんど死なない。試験管の中には免疫がないですからね。

免疫力が弱くなってガンにかかりやすくなるんだったら、長生きしてもいいことはないと思いますか。別に人間誰でも死ぬんだから、いいも悪いもないじゃないですか。「年寄りはガンにでもならなきゃ死なない」、そのくらいに思っておけばいい。若い人がなるのはかわいそうですけど、年寄りはなってもいい。年寄りのガンは元気がないんだから進行も遅いですからね。

それにしても、人間は何かにつけ治療をしたがりますな。ちょっと風邪をひいたぐらいで、東大病院まで出かけたりする。そんなもの、ほっときゃ治る。私は病院に行かないし血圧も測らないし血糖値も測らない。健康診断なんて昔から行ってません。医者たちは、あんなもの役に立たないってわかっている。私が現役だった頃、東大の医者たちの健診受診率はたったの四割でしたよ。

そもそも、病院に行って何を言われるかといったら、「病気です」って言われるに決まっている。壊れていないわけないでしょう、八十歳にもなって。病院に行く時は、女房が「すぐ病院行け」って言った時。行かないと機嫌が悪いから。そっちのほうがよっぽど具合が悪い。

言い訳もいろいろしてみるんですがね。私は東大で三千人の医者を育てたので、「俺が育てた医者なんて信用できるか」なんて言ってみたりもします。まあ、通用しませんな。そんな寝言は。

とにかく、病院に行けと言われればしょうがないから、しぶしぶ行きますが、「胃カメラを飲むから朝めしは食うな」だのなんだの、あれこれ言われるでしょう。私は医療行為が嫌いだから、胃カメラを飲むのも緊張する。すると、医者は「先生、急性のストレス性胃炎です」なんて言う。当たり前だよ。「おまえがストレスの元だよ」って言いたくなる。

子どもの頃は、町に産婆さんがたくさんいて、「生まれるところ」は自宅でした。

それに、昭和二十年代くらいまでは、八割以上の人が、自宅で亡くなっていたんです。

今、自宅でお産をする人はほとんどいないでしょう。亡くなるのだって、日本人の八割前後が病院になった。人間のふだんの生活から「生まれて死ぬ」という自然の過程が消えて、ふつうではない「非日常」になってしまっているんです。人生は、病院から出てきて病院に帰るんだから、日々の暮らしは「仮退院」ということになります。やれやれ、ですな。

最近の健康ブームもあって、老人たちは治療したら元の身体に戻ると勘違いしていますね。そんなわけないでしょう。歳をとったら病気の三つや四つ抱えているのは当たり前。車だって何年も乗ったらガタがくる。それと同じで、人間も「中古」になるんですよ。六十歳過ぎたら病気なんか治るわけない、病院にばかり行くのは無駄。

死なない人はいないんだから、過剰に不安を持っても仕方がない。そう心得てくださいな。

喫煙家で禁煙家

「先生、禁煙しないんですか？」と、よく聞かれます。そのたびに「いつだってやめてるよ。吸い終わったらやめてる」と答えます。まあ、たいていの人は「この屁《へ》理屈《りくつ》ジジイめ」と思っているんでしょうな。

禁煙なんて簡単です。吸いたくない時は、吸わなければいい。それだけ。私はいつだって、喫煙家であり禁煙家です。

もう死ぬまで一本も吸わないなんて、そんなやめ方はしません。六十年も吸っていて今さらやめたら、自分で自分にびっくりしますよ。解剖をやってきたから言えるんですが、肺が黒くない人を見たことがない。北京の大気汚染が話題になっているでしょう。ＰＭ二・五。あんな環境にいたら、タバコを吸わない人だって、肺が真っ黒になりますよ。

そういうことを言い始めたらキリがないから言いませんけどね。禁煙なんて、「身体のおっしゃるとおり」にしていたらいいんです。吸いたくない時には吸いません。だから何度もやめていますよ、調子が悪いからもう吸わないって。

そもそも禁煙なんて、とり立てて言うこと自体がおかしいですよ。よほど暇なんだとしか思えませんな。間接喫煙で死ぬ人が交通事故で死ぬ人より多い？　交通事故で死んだ人の数ははっきりわかるけれど、間接喫煙で死んだ人の数というのは正確にわかりますかね。

わからないと思いますよ。なのに、そういう論理がまかり通っているんです。どうかしていると思うなあ。そもそも比べてはいけないでしょう、交通事故と間接喫煙なんて。そういうものが政治的な宣伝だということは、すぐにわかる。イラク戦争の時に、ネオコンサバティブって注目されたでしょう。彼らは「よい政治目的のためなら嘘をついてもしょうがない」というスタンスでした。

喫煙にはどういう良い点があるのか研究してはいけないと決められているんです。それも禁煙側がですよ。そういう研究をしたら学会を除名だと。おそらく、一番大きい効果は、気分が変わるという作用ですね。駅のホームを禁煙にしてから、飛び込みが増えたんじゃないですか。死ぬ間際のタバコを、最後の一服っていうでしょう。その一本を吸っているうちに電車が来てしまって気が変わるんですよ。それで飛び込むのをやめる。でも、そういう研究をすると怒られるんです。

問題はタバコを吸うなということでしょう。それならそう言えばいいんです。もっと簡単なのは、タバコを売らなければいい。吸いたい人は自分で葉を育ててタバコをつくる。私は、それでいいと思う。

別に健康にいいとか悪いとかいう理由で吸ったり吸わなかったりしているわけで

はないですからね。気持ちがいいから吸っているだけ。だいたい、タバコに限らず、なんでもやりすぎたらアウトでしょう。運動だってやりすぎたら害が出る。お酒だってそうでしょう。「飲みすぎは身体に良くないんだから、酒飲みは酒を飲まずに飲んだつもりになれ。お茶でいいだろう」、そう言っているのと同じですよ。

なんだって行き過ぎは良くないんだから、それでどこか悪くなったら医者に行けばいいでしょう。今年に入ってめまいが三回ありましたけど、毎回寝ていれば治ると思っていましたよ。そういう基準というのは、みんなそれぞれあるでしょう。風邪のようなものでも、一週間症状が変わらなければ病院に行くとかね。自分で判断すればいいんです。

タバコは健康に悪いからダメなんじゃない。気に入らないからやめろっていうことですよ。どうして気に入らないかというと、吸う意味がわからないから。禁煙家で一番うるさいのは、そこでしょう。「今タバコ吸っているの、意味わからない」

「今この状況でなんで火をつけないといけないんだ」って。

いつも言っているんですが、現代は意味がわからないものを排除する社会です。たとえば、テレビメディアの典型例だけれど、ゴミ屋敷を必死で取材するでしょう。どうしてですかね。

ゴミ屋敷というのは、現代の典型的な自己主張だと私は思っています。住んでいる人は、暗黙的に「俺はゴミだ」と言っているんですよ。わかるでしょう、「ゴミだって意味があるんだぞ」ってことです。もちろん、マイナスの意味ですけどね。俺はゴミだなとどこかで思っていて、ゴミ扱いされる自分と実物のゴミとが、どこかで同じになっていくわけでしょう。だから、周りの人間が嫌がれば嫌がるほど集める。

そういう役に立たないものを暗黙のうちに排除しようとする姿勢って、メディアの典型じゃないですかね。そんなことをしたところで、世界にどのくらいの効果があるのか。つくづく、いいかげんにしたらって思いますよ。

テレビを見ていると、生活が大変だとか住むところがないとか、そういうインタビューばかりでしょう。私が今言ったような本音に近いものは、ほとんど出てこない。「おまえが生きているだけで既に迷惑だと思ってるんだよ」って言わないでしょう。言えない世の中なんだもの。

たとえ迷惑な人でも、裏を返せば、生きがいというものがあります。それは、ある種の重みですよね。

迷惑をかけたり迷惑をかけられたりというのが、生きているということじゃありませんか。そういうのを基本的人権と言うんです。自分がいるということ自体が、しょうがないことなんですから。

人というのは、何が迷惑で何が迷惑じゃないかは、自分ではわからないものです。それは人が決めることでしょう。北朝鮮のキムさんがそばにいたら、私だって「お前いい加減にしろよ。ミサイルつくるより食いものつくるほうが先だろう」って言いますよ。

ヨーロッパでもアメリカでも、世の中にヒステリーが蔓延しているから、イギリスがEUを離脱したりトランプが出てきたりするわけでしょう。つまり、行き過ぎた状況になっているということです。

イギリスはグローバリゼーションの先頭を切った国だから、マイナス要素も積み重なっている。アメリカも、アメリカが中心だと思っている人たちの中に不満がたまっている。でもそれは、どちらが正しいとか間違っているということではなくて、程度問題ですよ。禁煙問題と一緒です。

平和な時代がこれだけ続いていると、周りがおかしいという感覚は消えてしまいますな。大勢のおもむくところにいればいいという考えで、この七十数年、世の中が成り立っていますから。でも、世の中のほうがおかしくなることって必ずあるんです。北朝鮮では言いたくても言えないことがたくさんあるなんていうけれど、世界中でそんなことになっている場所はたくさんありますよ。

私はね、禁煙派の人に会うとこう言うんです。「われわれがいないと、あなたたちもやることがなくなってしまうでしょう。まあ、お互いこれからも元気でやっていきましょう」って。

食う寝る遊ぶ、ときどき邪魔

天気が良ければ、まるは縁側で日向ぼっこをしていることが多い。そんな時は、私も付き合って「おまえ、なに考えてんだ、バーカ」なんて、声をかけてみたり。飽きると家の周りを散歩したりして、夕方になると「腹すいた、メシ」と鳴く。もう老猫なので、寝ていることが多いですね。

以前飼っていたチロとはよく墓地まで散歩していました。最近はこっちに暇がないし、まるもそんなに動くほうじゃないですから。チロは裏山の上まで見回っていましたけれど、まるの縄張りはせいぜい百メートルほどですかね。

夕方に食べて、しばらくすると寝るんです。でも、そのくらいの時間から寝ると、必ず明け方の三時頃に一度起こされる。「腹すいた」ってね。寝室の扉は引き戸ではなくてドアなんですが、ノブに手をかけて開けるんですよ。覚えたんですよ、ちゃんと。敵もさる者、ですな。

仕方がないから、一度起きてエサをあげると満足してまた寝る。無視しているとよりエサをやってしまったほうが、面倒がないですからね。夜はだいたいベッドの近くにいます。ところが、こっちがもう一度寝ている間にいなくなっている。朝起きて、仕事部屋に行くでしょう。そうすると、まるが仕事用の椅子の上で寝ているんです。どかすわけにもいかないから丸椅子を持ってきて、それに座ることになる。座り慣れない椅子で仕事をしてるわけですよ、こっちは。隣を見ると、グーグーいびきをかいて寝ている。「くそー」って思いますよ。

でも、また腹が減れば占拠も終わる。「腹へった」と言って何かもらって、天気がよければ外へ出かける。天気が悪ければ、娘のベッドでふて寝しています。雨が降っているとし機嫌が悪いんですよ。女房がお茶の稽古をしている時は、自分も参加して、茶室のまん中にずでーんと寝転がる。しばらくすると、邪魔だというので私のところへ連れてこられる。

パソコンで仕事をしているでしょう。そうすると膝《ひざ》の上に乗りたがるから、乗せますよね。次はマウスを持った手に自分の首を乗せる。こっちは、重くて手が動かせない。仕事が中断してしまうことはわかっているんだけれど、ついつい膝に乗せてしまう。

キーボードの上を歩くこともありますよ。そうすると、画面に「T」の字が百個も並んでしまう。資料の上にどっかり寝ているから、必要なものが取り出せないこともしょっちゅう。こういうのは、猫飼いの宿命でしょうね。

若い頃にはパソコンのキーボードを打っているところに、わざと押しかけてきたりもしたんですが、最近はなくなってきましたな。

まるも愛用している（寝転がっている）机は、その昔、犬養毅《いぬかいつよし》さんが使っていた由緒ある机なんです。譲り受けたんですね。お孫さんの犬養道子さんとは、対談をさせていただいたこともあるんですが、二〇一七年に亡くなられてしまった。我が家にお祖父様の机があることを伝えそびれてしまったのが心残りです。犬養毅といえば、青年将校に「話せばわかる」と言ったエピソードが有名ですが、まるに「話せばわかる」は通用しませんなあ。

猫を飼っている方は、よくご存じでしょう。「やめてくれ」と言っても、必ずやる。旅行に行くので鞄《かばん》を開けておけば、必ず中に入っている。出てもらっても、また入る。「お、巣穴ができた」なんて思っているんですかね、でなければ「俺も連れていけ」。狭いところに入ろうとする猫の習性って、面白い。箱も好きでしょう。ちょっと前には「猫なべ」なんてのも流行りましたな。うちのまるは、なにせ体重が七キロもある。なのに、Ａ４サイズくらいのところに無理やり入るんです。いつも身体がはみだしてあふれていますよ。

こっちが留守にしている時も機嫌が悪いようで、あちこちで用を足していることもあります。うっかり出かけられませんよ。トイレといえば、まるのお気に入りの場所があるんです。どこだと思います？　女房の車の真ん前。バンパーに手をついてふんばっているところを娘が目撃したそうです。姿を想像すると、笑ってしまいますね。

こんなふうに、食べて寝て遊んで、ときどき仕事の邪魔をする。それが、まるの一日。要するに、必要なことやしたいことだけを、好きな時に好きなようにやっている。羨《うらや》ましいですな。

私もそうできれば、苦労はない。まるを見ていると、働く気が失せますよ。「なんで俺だけ働かなきゃならんのだ」って。

私はもう死んでいる

とある大学の喫煙所でのこと。タバコを吸っている私を見た学生が、こんなことを言いました。

「養老先生じゃないですか、まだ生きていたんですね。もう死んだと思っていました」

まあ、すでに死んでいると思えば、いろいろと気が楽にもなりますかね。件《くだん》の学生は、生きている本人を前にして「死んでいる」と言ったことを、いくらなんでもと思ったのか、「もう歴史上の人物ですよ」と、とりなしてくれました。

歴史上の人物っていうのは、みんな死んでいるんですけどね。そのフォローはどうなんでしょうな。

私の父親は、自宅で結核の療養をしていて、そのまま亡くなりました。母も同じく自宅で亡くなっています。母は享年九十五でした。結局、病院には入りませんでしたね。いよいよ最期という時も、とくに治療はしませんでした。だから、何が原因で死んだかもわかりません。いわゆる老衰でしょう。その年なら死んでも当たり前だろうという感じでした。

母が九十歳くらいになった時でしたか、立ち上がれなくなったというので、ベッドを買ったりしました。それで、姉と兄と鳩首《きゅうしゅ》会談ですよ。「本人は絶対に入院しないって言ってるけど、どうする?」って。その時、姉は「入院させなさい」と言っていたんですが、母は結局私の家にいました。

それで、どうなったと思います? 一年ほどしたら起き上がるようになったんです。うちの息子が二階にいたら、夜中、母が何ごとかに怒って階段を上がってきたらしい。子どもたちがあんまり面倒みてくれないもんだから、弱ったフリをしていただけだったんですね。年寄りには注意しなきゃいけませんなあ。

それで、みんな母に「騙された」とわかった時、姉がなんて言ったと思います？「ほらごらんなさい。あの時、入院させとけば今ごろ死んでたのに」。当時、院内感染が、はやってましたからね。

まあ、私も母みたいに、できるだけ普通に暮らして、朝起きたら死んでいたというのが一番理想的です。何もわからなくなって、どこかで行き倒れて死んでしまうのでもいいし、乗っている飛行機が落ちて死ぬのでもかまいません。

人は誰でも死ぬんだから、死は、本来特別なことではないはずでしょう。でも、今は誰もが特別なことにしてしまっている。そうじゃないとわかっていればいいんですが、本当にみんな、そう思い込んでいる。

死体を見るということは現実を見るということなんです。必ずみんなが通ることであって、それを見ることができないというのは、変ですよ。それを変じゃないと言い張って、それが文明人だと言うのであれば、生まれないで死なないでくれと言うしかないでしょう。人間が必ず通るものを見ないのは不自然です。

現代人は、とかく死から目をそらそうとしますよね。それを象徴するのが派出所の看板です。「本日の交通事故、死者二名」。人の死が単なる数字に置き換えられている。そういうものを出しておけばいいという神経が私にはわからない。

死んだのは、老人かもしれないし、サラリーマンだったかもしれない。それぞれに事情があり、遺族がいて、別々の人間です。しかし看板には数字が書いてあるだけですからね。あれを見れば、いかに死が実在でなくなったかがわかる。

人間の根本には、死にたくないという思いがあります。不死願望ですな。人間の面白いところは、そういう死にたくないという思いをなんとか実現しようとすること。古くは、秦《しん》の始皇帝が万里の長城をつくったでしょう。あれだけ大きいものをつくると、死なないじゃないですか。現に今でも生きている。ピラミッドもそうでしょう。結局、人は永久になくならないものをつくりたいんだってことですよ。なぜなら、自分がいずれいなくなるから。自分をそこに投影する、というより「俺がつくったんだから、あれは俺そのものなんだ」ということなんでしょう。

人間にとっての支配というのは、まず空間におよびます。そして次は、時間にいく。空間も時間も支配して永久に生きるもの、それがまさにピラミッドです。

ピラミッドは、四辺がそれぞれ東西南北にきっちりと向いている。どっちに向いてたっていいじゃないかと思うでしょう。なぜ、そんなことにこだわったか。それは、東西南北が不変だからですよ。永久に変わらないということを証明したかったんですな。

ピラミッドというのは、そもそもお墓ですよね。その墓も年代とともに、だんだん小さくなっていく。祖父さん、親父、子ども、孫というふうに代を重ねると、スケールダウンしていく。小さくなっていくかわりに、今度はその中に文字が入ってくる。

この文字というものもまた、永久に変わらないものなんです。平安時代の歌なんて、その典型でしょう。詠み人はとうの昔に死んでもういないけれど、歌は現代まで変わることなく生き続けている。文字にそういう性質があることに気がついていましたか。言葉は永久に変わらないという性質を持っているんです。だから、巨大な建造物を言葉に置き換えたんです。ところが、秦の始皇帝は何をやったかというと焚書坑儒《ふんしょこうじゅ》。本を焼いて、学者は生き埋めにしてしまった。万里の長城で十分だって。そういう人もいるんです。

人によっては、「文化は永久に生きるものをつくるためにある」と説く人もいますよね。それが、行くところまで行き着いてしまった。それこそデジタルです。これは絶対に消えない。ピラミッドや万里の長城はだんだんボロけてくる。本だって、紙がダメになる。インクもかすれてくる。映画や写真も、経年劣化でフィルムが傷みます。でも、デジタルデータは、まったく劣化しません。

そもそも、デジタルコピーという言葉を当たり前に使っていますが、実はコピーじゃないんですよ。そうでしょう。元のデータとコピーしたものと区別がつかないんですから。どのパソコンで見ても全部同じに表示されるでしょう。

たとえば、手元にノートがあるとします。見た目は昨日と同じですが、実は同じじゃない、確実に古くなっている。デジタルデータには、それがないんです。もちろん、コンピュータがなくなればデータもなくなりますが、人間がコンピュータを無限に増やしているからなくなりそうもないでしょう。しかもクラウドに保存しておけば、たとえコンピュータが壊れようが家が火事で焼けようが、データは残り続けます。

つまり、デジタル以前の世界は諸行無常《しょぎょうむじょう》だったけれど、今は永久不滅になってしまった。基本的に不死は保証されてしまったんです。だから、コンピュータが世界を支配するって言われているんでしょう。ピラミッドをつくり、万里の長城をつくり、最後はコンピュータで、これさえあればいいって。

必死になって、合理的、経済的、効率的だとやっていくと、人がいらなくなると言われていますね。時々ね、人の考えや感情を全部コンピュータに入れたらどうなるんでしょうと言う人がいますが、それは要するに死にたくないと言っているのと同じです。

iPS細胞だってそう。具合が悪くなったら取り替える。早い話が死にたくないってことでしょう。研究に文句を言いたいわけじゃありません。「これ以上死ななくなってどうするのかね？」ということです。だって、若い人は困るでしょう。あのジジイいつまで生きているんだって。今はそういうことも言えなくなっています。当たり前のことが言えない社会というのはよくないですよ。

だから、ほどほどにしたらと思いますね。ナノ秒単位で株式取引なんかやってどうするんだ。もう固定相場にしたらって、私なんか思いますよ。エネルギーの無駄です、その都度コンピュータ動かして。あれだって温暖化に影響しているんですから。

人は死ぬんですよ、絶対。私だってまるだって、いつかは死ぬ。もちろん、あなたもです。この歳になって講演を頼まれると、「それまで生きていたらうかがいます」と返事をするんですが、みなさん笑います。気の利《き》いた冗談だとでも思っているんですかね。先のことなんて誰にもわかりませんよ。そうでしょう。唯一確実なのは、全員百パーセント死ぬってことです。

私なんか、生前葬も済ませているから葬式の心配もない。曹洞宗《そうとうしゅう》の若いお坊さんが新しい葬儀の形式を考えるという集まりに参加した時に、試してみたいということでやったんです。死んだ人がいないと格好がつかないから、おまえ死んでくれって言われて。だから、私はもう死んでいる。

おや？　そう考えると、私のことを「死んでいる」と思っていた学生さん、あながち間違ってはいませんでしたな。

『ネコメンタリー　猫も、杓子も。』（NHK）

「養老センセイとまる」
Eテレ　2017年3月26日放送

出演／養老孟司、まる

朗読／森山未來
語り／和久田麻由子

撮影／星野伸男
映像技術／植田純平
編集／佐藤英和
音響効果／丸山善之

ディレクター／寺越陽子
プロデューサー／斎藤充崇
制作統括／田熊邦光、丸山俊一

制作協力／東北新社
制作／NHKエンタープライズ
制作・著作／NHK

特別編「養老センセイとまる　鎌倉に暮らす」
BSプレミアム　2018年3月3日放送

出演／養老孟司、まる

朗読／松坂桃李

音楽／山田裕太郎
写真提供／養老研究所

撮影／星野伸男
編集／佐藤英和

ディレクター／寺越陽子
プロデューサー／斎藤充崇
制作統括／誉田朋子、丸山俊一

制作協力／東北新社
制作／NHKエンタープライズ
制作・著作／NHK

本書は、『ネコメンタリー　猫も、杓子も。』（NHK）の「養老センセイとまる」、特別編「養老センセイとまる　鎌倉に暮らす」の撮影インタビューを元に、構成されたものです。

養老孟司（ようろう・たけし）

1937（昭和12）年、神奈川県鎌倉市生まれ。1962年東京大学医学部卒業後、解剖学教室に入る。1995年東京大学医学部教授を退官し、現在、東京大学名誉教授。著書に『唯脳論』『バカの壁』『死の壁』『遺言。』『半分生きて、半分死んでいる』など多数。愛猫まるについての本は『うちのまる』『そこのまる』『まる文庫』、『ねこバカ いぬバカ』（共著）など。

NHK　ネコメンタリー　猫も、杓子《しゃくし》も。
猫も老人も、役立たずでけっこう

2018年11月20日　初版印刷
2018年11月30日　初版発行

著　者　養老孟司

発行者　小野寺優
発行所　株式会社河出書房新社
〒151-0051
東京都渋谷区千駄ヶ谷2-32-2
電話 03-3404-1201（営業）
03-3404-8611（編集）
http://www.kawade.co.jp/

組　版　株式会社キャップス
印　刷　凸版印刷株式会社
製　本　小泉製本株式会社

ISBN978-4-309-02747-0　Printed in Japan
落丁本・乱丁本はお取り替えいたします。